Colorful

借來的100天

カラフル

森繪都（もりえと）著
林佳妮 譯

已死去的我，靈魂緩緩地朝著某處黑暗飄去。突然間，有個不認識的天使擋住我的去路，笑著對我說：

「恭喜！您中獎了。」

接著，他開始向我說明：

「您在生前犯下重大的錯誤後死去，現在是罪惡深重的靈魂。這種靈魂，通常會失去重生的資格，被排除在輪迴系統之外，也就是說，再也無法投胎轉世。但是呢，天上也有覺得「這樣做太過殘忍」的聲音傳出，因此我們老闆偶爾會用抽籤的方式，給予這些靈魂重新挑戰的機會，而您就是被抽中的幸運靈魂！」

就算這樣，突然這麼跟我說，也是很困擾的事。假如我有眼睛的話，一定是瞪得大大的，嘴巴也開開的吧，但我現在只是個沒有形體的靈魂，對於竟然可以看到天使、聽得到天使聲音這件事，感覺非常不可思議。

這位天使是個長相俊美、溫柔優雅的男子。他的外觀看起來和人類沒什麼區別，偏高、纖瘦的身軀以一塊白布包裹住，背後雖然有翅膀，但頭上沒有天使的光環。

總而言之，我對天使說：「雖然機會難得，但我選擇婉拒。」

「為什麼？」

「不為什麼。」

在這個時間點，我已經失去前世的記憶。雖然大概覺得自己是男的，但我到底是個怎樣的男人、過著什麼樣的人生，這些事我一點都想不起來了，而且心裡還隱隱殘留著一種厭世、再也不想回到人間那種地方的感覺。

「我就是不想要。對現在的我來說，這一切就好像我隨機進到一間百貨公司裡，頭上突然有個彩球迸開，然後他們恭喜我是第一百萬名來店裡的客人，不斷嚷嚷著這個那個，硬要送我去夏威夷旅行之類的，但其實我只想待在家裡睡大覺。」

天使淡淡地聽完了我的訴求。

「我明白您的想法了。私下跟您說，我們也是對抽籤這種作法抱持懷疑，只可惜，我們老闆的決定是絕對性的。不管您還是我，都沒辦法推翻我們老闆——也就是萬物之父——的決定。」

他這麼一說，我也沒什麼好反駁的了。對手實在太強了。

看我因為敗陣而陷入沉默，天使那對琉璃色的雙眼閃爍出令人不舒服的光芒。

「而且，」他對我說。「等著您的可絕對、絕對不是什麼像夏威夷那樣的樂園。」

天使的名字叫做普拉普拉，職位是嚮導，目前專門負責我。他眼下的任務就是引導我前往「再次挑戰之地」。

只是，「再次挑戰」到底是什麼意思？

出發之前，普拉普拉在天界和人間的交界處，為完全無法消化眼前狀況的我做了簡單的說明。

經過一番整理，內容的重點如下：

*

1　如同剛剛說明過的，我的靈魂在前世犯下了重大過錯，本來應該是不能夠再轉生了，但因為幸運中選，所以得到再次挑戰的機會。

2　所謂的「再次挑戰」，是要到我曾經失敗過的人間累積修行。

3　修行是指我的靈魂會依附在人間的某個人身上，並生活一段時間，而那個人和他的家庭是由普拉普拉的老闆指定。

4　這個修行，在天使業界通稱為「寄宿」。

5 當然，「寄宿家庭」有好有壞，有幸福的家庭就有悲慘的家情，有悲劇性的家庭就有喜劇性家庭，也無法保證一定沒有家庭使用暴力，但我會去到怎麼樣的家庭環境，是根據我在前世犯下的過錯大小來決定，所以我沒得抱怨（好過分啊……）

6 寄宿期間，普拉普拉會在我遇到困難時出手相助，但是要幫助我多少，就要看他當下的心情而定。

7 如果修行很順利，我會在某個時間點恢復前世的記憶，而當我能自覺自己在前世犯下的過錯有多嚴重，寄宿就會在那個瞬間結束，我的靈魂也會從借宿的身體中飄出、升天，順利回到輪迴系統裡。皆大歡喜，皆大歡喜（不知真的假的）。

*

說明告一段落後，普拉普拉立刻伸展了他的翅膀。

「既然如此，阿真，讓我們立刻前往人間吧。」

「誰是阿真？」

「您接下來就是小林真了。小林真是在三天前試圖吞藥自殺的少年，到現在都還沒恢復意識，仍然處於病危狀態。偷偷和您說，他馬上就會死了。死去之後，他的靈魂會脫離身體，您要趁那個空隙鑽進他的身體裡喔。」

我問：「也就是說，我要搶走他的身體嗎？」

「不要說這種話。」普拉普拉換了一個說法。「您是暫時承接他的身體。我們看待事情時要正面思考才行。」

「小林真是怎樣的人？」

「等您變成他之後，您就知道了。」

雖然我還想再問一些前情提要，但普拉普拉已經將他的翅膀整個展開，一副不想再多做任何說明的樣子，逕自拉著我的手腕，二話不說飛了起來。

突然間，彷彿地面瞬間塌掉一般的衝擊力向我襲來，緊接著是令人目眩的光速墜落！看來，普拉普拉的翅膀幾乎沒發揮什麼作用。他到底是天使，還是惡魔？我突然一陣不安，卻在不知不覺間失去了意識，被色彩奪目的漩渦吞沒。

1

等回過神時，我已經是小林真了。

我有身體了，有一種很真實的感覺。到剛剛為止，我都還是只一團圓圓的靈魂，但現在穿上了一件彷彿沉重大衣一般的肉體，而這個肉體似乎是躺在棉被上的樣子——不對，應該是床上才對。從空氣中的藥臭味來看，我應該是躺在病床上。這麼說起來，阿真自殺了，所以現在應該是……病危狀態。嗯？好像聽到有人在啜泣的聲音。

是誰在哭？

雖然還沒做好心理準備，但我一不小心就張開了眼睛。

然後我就和一個淚流滿面的阿姨對上了眼。

「阿真。」

阿姨啞啞地說著。

「阿真？」

她接下來又高聲大叫一次。

我可以感覺到，圍繞在我身邊的人全都轉過來看著我。我現在果然是在病房裡，病床一旁擺著沉重、給人壓迫感的醫療器材，可以看到站在器材後面的護士身上的白衣。不知道是誰小小聲地說了句「真的假的」，然後那個白色身影驚慌地動了起來。

「阿真！」

這次大喊的，是在旁邊扶著阿姨的叔叔。

「阿真活過來了！」

沒錯，雖然我也是後來才知道，但小林真其實在十分鐘前才剛被宣布「死亡」而已。阿真的靈魂升到天上後，他的身體就變成了空殼，我便鑽了進去，然後張開眼睛。遇到這種情況，我想不管是誰都會嚇一跳吧。

「有心跳聲……也測得到血壓……這怎麼可能?!」

最後連醫生都一起大叫。

確認阿真復活了，叔叔、阿姨都開心得不得了。這也在所難免，因為這兩人是阿真的媽媽和爸爸。畢竟是死去的兒子復活了，會如此欣喜也是人之常情。他們一邊發出不成聲的聲音，一邊摸著我的臉頰、手臂，抱住我的整個身軀。雖然是被毫不相識的人這樣摸遍全身，但意外地我完全沒有不舒服的感覺。看來，阿真的身體，比我的心還先接受了他們。

阿真還有另外一個家人，是個穿著學生服的男生。從剛剛開始，他就怒氣沖沖地站在床前雙眼充血地瞪著我。在雙親、醫生還有護士全都興奮不已的時候，獨自一人站在旁邊擺臭臉的這個男生，正是阿真的哥哥：小林滿。這也是我後來才知道的，但是在這個當下，我不只不認識阿滿，連阿真的年齡都不清楚，所以只是迷迷糊糊地想著：「應該是兄弟吧。」

「阿真，你回來了，你回來了！」像瘋了似地一直喊著兒子名字的爸爸。

緊緊抱著我身體的媽媽。

不發一語的兄弟。

當下的情況不容我多仔細觀察，但總之算是和「寄宿家庭」的家人打了照面。

他們看起來不像有錢人或什麼光鮮亮麗的明星世家，雖然有一點可惜，但因為那個壞心眼天使的關係，本來我沒抱太大的期待，所以光是看起來是普通人家就很不錯了，我也就默默接受了他們。畢竟，我睜開眼後看到的，本來也有可能是八個身穿紅黃條紋緊身體操服的壯漢正圍著我大哭的場景。人啊，果然還是平凡最好。

當我放鬆下來後，睡意就席捲而來。

直到剛剛都還在死亡狀態下的阿真，看來是離正常狀態還遠得很，整個人疲倦到不行，也沒辦法做任何動作。結果我一句話都沒能說出口，就又深深睡去。

這就是我作為小林真所迎來的第一個場景。

睡意和疲倦感之後也持續了一段時間。儘管阿真身體的復元力讓主治醫生十分讚嘆，但可能是因為一天要服藥三次，所以我一直很想睡。不過，反正我是在住院，沒什麼要做的事，也就順勢一直睡著。

在一天裡有四分之三時間都在睡覺的日子中，我有時會像突然想起什麼似地驚醒過來，而且醒來後，眼前一定會看到阿真媽媽或是阿真爸爸的臉，又或者是阿滿的背影。

我睜開眼時如果窗外還亮著，那媽媽一定會坐在旁邊。她身型嬌小、眉眼分明，總是淺淺地坐在病床旁的椅子上，然後像是在計算我眨眼次數一樣盯著我看。她要是和我四目相望，就會簡短地問我「身體還好嗎？」，或是「要不要開電視？」。除了這兩句話，她其他什麼也不說，感覺好像有所顧慮，和我相處得非常小心翼翼。我最一開始覺得她有點疏遠，但仔細想想，阿真會自殺，一定是承受著相當程度的問題，所以她才會這麼小心地對待我吧。

哥哥阿滿都是在傍晚出現。他會陪在我身邊幾個小時，讓母親可以在那段時間去休息。不管經過多久時間，他總是不發一語，不管是幫我準備晚餐或是我吃完之後需要收拾，他都是默默地做，之後就背對我開始看他的教科書或參考書。我從教科書得知他是高三生，有一天就鼓起勇氣問他：「考試很辛苦吧？」結果我才開口，阿滿就氣憤地瞪著我，啪地一聲把教科書蓋起來，踱步走向走廊。不曉得是不是他考試壓力太大了？

晚間的探視時間是七點到九點，這段時間阿真的爸爸從來不會缺席。他一臉福相，總是帶著笑容。只要他一來，原本對我一人來說太過寬敞冷清的單人病房，氣氛立刻變得熱鬧溫馨。爸爸和媽媽不同，不會看我的臉色挑揀要說的話，每一晚都說著「我真的好高興阿真活過來」、「我從來沒有這麼感謝老天爺」等等的話，將他的關愛之情盡情訴說完後，再心滿意足地離開。護士對爸爸的評價也很高，很常說他真是個好父親。所以雖然他是別人的父親，但我也覺得還不錯。

總之呢，儘管我對這三個人的印象各有不同，但這三個家人有個共同點，就是他們都是真心對待阿真。就連那個木訥的大哥，要是他對阿真毫無感情，也不會每晚都來病房了。

在住院期間，我一點一點地感受到，雖然對我來說他們只是「寄宿家庭」的人，但對他們來說阿真是貨真價實的家人。

在又想睡又疲倦又恍惚的每一天，這可以說是我唯一領悟到的事。

住院生活持續了一週。其實我的身體已經痊癒得差不多了，但因為我的案例實在是太特殊（心臟停止十分鐘後還能復活，一般根本難以想像），所以醫院將我留下來觀察情況，同時蒐集一些數據，而且因為我是奇蹟少年，所以十分受到照顧。

「你確實死了一次。」

在我出院前，還很年輕的主治醫生，捏著我的臉頰對我說。

「所以已經夠了，不要再死一次了喔。」

出院當天是星期日。

那是個秋高氣爽的午後，我和一起來接我的三個人上了車，一起回到位於安靜住宅區一角的小林家。整個客廳一塵不染，到處放滿花瓶，桌上也擺滿了壽司、牛排等大餐。剛看到和一般透天厝差不多大小的小林家時，我還失望地想著「看來有錢人這條線已經完全消失了」，但此刻的我已忘了這件事，感動於家人對我的滿滿心意，甚至代替阿真對他們感謝地說：「真的很謝謝大家。」住院期間，為了不要露出馬腳，我幾乎都不開口說話，因此對於我的道謝，阿真雙親都紅了眼眶。

此刻正是家族親情最濃烈的時刻。

我記得普拉普拉說過，「寄宿家庭」的環境是依照個人在前世犯下的過錯大小來決定的。這樣看來，我犯的肯定不是什麼很嚴重的過錯，可能就是酒後的態度不好啦、愛浪費錢啦，或只是個專門弄哭女生的小白臉之類吧。

我不懂的是，明明就有這麼好的家人在身邊，阿真卻選擇了自殺這條路。「自殺」這個字眼，在小林家是禁忌，沒有人會提到這件事，所以有時候我會忘記阿真是個自願選擇死亡的少年。

「晚餐也會準備很多阿真你喜歡的菜唷。不過啊，阿真你是不是差不多該休息一下了，回房間小睡一會兒如何呢？」

等餐桌上的食物都吃得差不多時，阿真的媽媽顧慮到我的狀況，對著我這樣說。由於今天是我第一次像這樣和全家人團聚在一起，所以確實有點疲憊了。對我來說，這是個很好的提案。

「好，那我回房休息一下。」

我迅速地站起身，之後卻站定不動。

因為我雖然想去阿真的房間，但我不曉得它在這個家裡的哪個地方。

怎麼辦？

「怎麼了？阿真。」

「身體不舒服嗎？」

家人開始對站著不動的我感到疑惑。

這一刻彷彿是安排給嚮導登場的完美時機。普拉普拉這時突然出現在客廳的入口處。

他不知為何穿著一身正式的西裝，正對著我招手，要我過去。我忍住點頭的衝動，將差點脫口而出的話吞下去，因為我發現除了我，其他人都看不到普拉普拉。

普拉普拉領著不說話的我，同樣一聲不吭地上了樓。阿真的房間不是很大，就位於二樓的盡頭處。房間內的家具很簡單，顏色以黑色為基底，地板上鋪著天空色的地毯。可能是因為屋裡有好幾扇窗子，所以房間整體看起來很明亮，嫩綠色窗簾溫柔地接住了豐沛的陽光。

普拉普拉在那片窗簾前停步，我則是靠著床緣坐下。

「好久不見啊。」

我語帶諷刺對著普拉普拉這樣說。

「你不是嚮導嗎？我還以為你會告訴我更多事情的。」

「這是我們的方針。」

普拉普拉淡淡地回答我。

「而且，不要有先入為主的觀念比較好。比起由我來向你介紹這個介紹那個，不如讓你自己去感受。」

我再一次細細地打量普拉普拉，總覺得有哪裡怪怪的。

「我說啊，跟在上面的時候相比，你給人的感覺完全不一樣耶。」

對於我的觀察，普拉普拉苦笑著說：

「這就是所謂的入鄉隨俗啦。老實說，就算人類看不到我們，但是在人間打扮成一副天使模樣的話，有時候會覺得自己像個笨蛋一樣。」

「但你說話的方式也變了耶？在上面的時候，你說話不是都用敬稱嗎？」

「衣著不整會影響內心狀態嘛，哈哈，我開玩笑的啦。真要說的話，就是現在這種樣子的我更貼近我的本性。我們就隨性一點吧，你也一樣。」

「什麼嘛……」

這天使未免也太接地氣了。

對著還有點震驚的我，普拉普拉突然又用公事公辦的口吻問起：

「『寄宿家庭』的情況怎麼樣？」

「很順利。」

我自信滿滿地回答他。

「目前為止很不錯。『寄宿家庭』的人都很好，阿姨做的飯很好吃，這個房間也算差強人意。整體來說，一切比我預期的還好上很多。生活在這樣的家裡，小林真到底為什麼會選擇自殺？我覺得這件事很不可思議。」

「你問為什麼嗎？」普拉普拉面無表情地說。「那是因為你還不曉得這個『寄宿家庭』的真面目。」

「咦？」

「你什麼都還不曉得啊。」

普拉普拉一點表情都沒有，聲音又很低沉，讓人有點毛骨悚然。

「什麼意思？」

「阿真的爸爸表面上看起來是個好人，實際上是個只顧自己的自私鬼。至於他的媽媽，一直到前一陣子為止，她都在和佛朗明哥舞蹈教室的老師搞外遇。小林家就是這樣的家庭喔。」

我壓下從腹部湧上的一陣嗝。可能剛剛吃了太多牛排，現在感覺到胃開始不太舒服。仔細想想，壽司搭牛排這樣的組合真的很猛。

……嗯，普拉普拉剛剛說了什麼？

「想逃避啊？」

普拉普拉眼神尖銳地盯著我說：

「好吧，既然如此，我就把那些你無法擺脫的事實，都詳細地告訴你好了。小林真自殺的原因非常錯綜複雜。你不只是繼承了阿真的身體而已，而是得連那些麻煩事都一起承接下來。」
普拉普拉對著從天堂墜入地獄的我，毫不留情地說完以後，就靠坐在窗台上，並且從口袋裡拿出一本厚厚的冊子翻了起來。
「你在看什麼？」
「這是嚮導必須帶在身上的導覽手冊，上面記錄了小林真的一生。」
在翻到某一頁後，普拉普拉停下了他的手。
「找到了，小林真自殺前幾天的紀錄。」
我吞了吞口水。
有點想知道，又不是很想知道。
「在他不順遂的人生中，那天可說是特別糟糕的一天。雖然小林真決定自殺的原因有很多，但那一天可以說就是壓垮他的稻草吧。」
在說了吊人胃口的前言後，普拉普拉靜靜地、帶點哀傷地開始描述。
那天是完全符合「悲慘」這個形容詞的日子。
「那天是九月十號，星期四。那一晚，小林真要從補習班回家時，目擊了桑原廣香和一個中年男子手勾著手走在路上。」

「桑原廣香是誰？」

「和阿真上同一所中學的學妹，也是他的初戀對象。」

「喔。」

「看到初戀對象和中年男子有說有笑的樣子，想必讓阿真心裡十分介意吧，所以他開始尾隨兩人，之後看到他們一起走進愛情賓館。」

「哎呀！」

「阿真大受打擊，愣愣地在那裡站了好一段時間。就在這時候，新的悲劇降臨。這次他在同一間賓館入口處看到的，是阿真的媽媽和佛朗明哥舞老師搭著肩膀走出來的畫面。」

「那個阿姨嗎？」

那個很替人著想、很溫柔的母親嗎？連我都不敢相信她會做這種事，更別說是親生兒子阿真了。他該有多震驚啊。

「真的是讓人以為老天在和他開玩笑的悲慘夜晚，不過呢，悲劇還沒有結束。」

普拉普拉深吸了一口氣，調整了一下呼吸。我也跟著一起深呼吸，讓情緒冷靜下來。

「阿真回家後，大哥阿滿鐵青著臉站在電視機前，說是就在剛剛，爸爸的公司出現在新聞裡。這家公司因為做黑心事業，社長和幾個高階幹部因此遭到拘捕。」

「該不會連那個爸爸也一起被抓了？」

「沒有，阿真的爸爸只是個小職員，和大多數的員工一樣，沒有參與黑心事業。好像是老狐狸社長自己組織了一個機密小組，然後把事情搞砸了的樣子。」

「什麼樣的黑心事業啊？」

「有人控告他們公司的一項郵購商品，叫做『輕鬆瘦饅頭』，標榜吃一個瘦一公斤，吃兩個瘦兩公斤。他們用很大膽的宣傳標語在販售，但其實只是到處可見的溫泉饅頭。除了這個之外，還有其他許多荒唐的例子。他們雖然是一間新興食品公司，不過為了賣一個叫做『八角煎餅』的新產品，竟然大肆散播『地球是八角形的』謠言，又或者是到附近超級市場的水龍頭接自來水，然後冠上『超級水』的名義高價販售。其實，與其說他們黑心，不如說是一群做事不經大腦的傢伙。」

普拉普拉聳了聳肩說道，一臉受不了的樣子。

「但就算是這樣的傢伙，對阿真的爸爸來說還是重要的上司，有過恩情也有道義。這些上司都被逮補後，剩下的高階幹部為了表示負責也只好集體辭職。他們的爸爸是那種好好先生，所以阿滿看了電視後，一直擔心爸爸會因為覺得上司很可憐而情緒低落，而阿真聽了阿滿的說明後，也開始擔心起爸爸，沒想到……」

「又發生什麼事了嗎？」

「終於回到家的爸爸，竟然一路從玄關翻滾進客廳，一看到阿真和阿滿，就抱上去親他們，之後又強迫兩人一起和他跳森巴舞。」

「他是喝醉了嗎？」

「沒錯，但他喝的不是悶酒，而是開心的酒。因為公司高層全體辭職的關係，導致公司必須改組，於是原本是小職員的爸爸，突然晉升到部長職位，可以說是一口氣三級跳，讓他整個人都要飛上天了。他完全不管那些主管是被逮補還是要被開除，表現出一副這些都和自己沒半點關係的樣子，反而還說要感謝他們，讓自己可以升官。」

普拉普拉嫌惡地說道。

「雖然說人遇到這種時候，也許差不多都是這種德性，但是阿真肯定不想看到自己爸爸的那一面吧。阿真一直很尊敬這個儘管低調、不起眼，卻總是腳踏實地努力著的父親。正是因為這樣，他反而更受傷吧。」

普拉普拉雖然說完了，我的胃卻還是感覺噁心想吐。也不知道是不是因為太陽開始西斜，剛才還如此耀眼的室內，一下子變得十分昏暗，看起來很陰鬱。為了迴避普拉普拉鋒利的眼神，我一下呆呆看著天花板，一下打量著四面的牆壁。

牆上掛著鏡子。

上面反射出的是我……不對，是阿真的臉。

眼睛細細的，鼻子塌塌的，嘴巴小小的，看起來就是存在感很低的窮酸樣子。

住院時，當我第一次在洗手台的鏡子裡看到這張臉，就打從心底感到失望，心想「現在是要我用這張臉來度日嗎」，埋怨起普拉普拉和他的老闆。撇開細節不說，阿真的臉上真的沒有半點開朗的氣息，笑容和他一點都不相稱，眼神也沒有光采。家人每天都來探望他——明明有這麼好的家人在身邊，為何他是這個樣子？本來我還想不通，現在我完全可以理解了。

初戀對象和中年男子走進愛情賓館。

外遇的媽媽，還有自私的爸爸。

「都說到這裡了，我就順便問一下。」

我說，眼睛盯著鏡子裡的臉。

「他哥哥阿滿是怎樣的傢伙？」

「事到如今，我就直說了。他是個神經大條又壞心眼的人，一看到阿真就會說些討人厭的話，尤其是和身高相關的。阿真一直很介意自己個子很矮，阿滿明明知道，卻還總是故意去鬧阿真。」

「但是他什麼都沒有對我說耶。」

「他是根本不想理你，因為他很不滿阿真竟然做出社會觀感很不好的自殺行為。欸，你把手伸到床底下看看。」

我按照普拉普拉說的把手伸進去，摸到了一個有點粗糙的硬物。把它拉出來後，我發現是一雙異常花俏的……靴子？

「這是隱形增高靴喔。」

普拉普拉告訴我。

「它的鞋底墊得特別厚，穿上去之後會看起來身高很高——當然啦，這不是一般場合穿的鞋。阿真用郵購買了這雙鞋，又因為他生性膽小，很怕被人發現，所以一直把鞋子藏在床底下。但是在阿真自殺的前幾天，阿滿發現了這雙鞋的存在，不停地取笑阿真，最後還說：『放棄吧你，看你腳的尺寸這麼小，就知道你一輩子都會是個小矮子』，往阿真的傷口上灑鹽。」

我把增高鞋往地毯上一丟，然後倒頭躺到床上，望著天花板，感覺渾身無力。之前以為自己來到一個很好的家庭，家人之間充滿了愛，現在只覺得當時的我有夠蠢。

直到剛才為止的闔家歡樂場景到底算什麼？

「現在我反而對於阿真是怎麼撐過來的感到不可思議。」我苦笑著對普拉普拉說。「會來到這種『寄宿家庭』，我的前世想必是犯下十分嚴重的過錯吧。」

「對了！我忘了告訴你一件事。」

普拉普拉根本沒在聽我說什麼。

「小林真現在是中學三年級學生。」

「什麼？」

看他這身高，我以為了不起是中學一年級。

等等，中學三年級的意思是……？

看著一臉驚恐的我，普拉普拉開心地說：

「也就是說，高中入學考試在半年後等著你。」

2

原本以為這是個既平凡又溫暖的家庭，殊不知其實是惡魔的巢穴。表面上溫柔又重情的家人，各個都只是把醜陋的本性隱藏起來而已。這是一個人人都是演員的假面家庭。既然他們不曉得真正的阿真已經死去，想繼續扮演和樂融融的一家人，那我也要照我自己的想法來做。

穿著非常適合她的紫藤色圍裙站在廚房裡，阿真的媽媽展現出一種既時髦又有氣質的主婦姿態，沒讓人察覺到一絲外遇的氣息。妳就繼續扮演妳的賢妻良母吧，但我可不當個懂事的好兒子。因為覺得她親手做的料理很骯髒，我從那之後就總是剩下一大堆的食物。

還有那個連在滿員電車上也一直保持著笑容、只要看到老人家就立刻讓位的爸爸。多虧上司的不幸而撈到部長的位子，不曉得你坐起來還舒服嗎？為這種小家子氣的升遷而雀躍不已，你就繼續端著你偽善的笑度日吧，只要你別用那個笑臉對著我。後來，就算爸爸對我說「我出門了」或「我回來了」，我都沒再回應他。

阿滿也很快就露出他的真面目。那是在出院後的隔天早上，我們倆在廁所門前碰到面，當我比阿滿稍快一步將手放到門把上，他立刻咋舌說：「你這個沒死成的傢伙。」果然是神經大條又很壞心眼，和普拉普拉說的一樣。所以，就像阿滿之前無視我一樣，我也開始無視他。

像這樣和家人之間保持著距離，我自然而然地幾乎都躲在阿真的房間裡。一個人聽ＣＤ或是廣播、讀阿真的漫畫，晚上就和普拉普拉玩花牌。只有吃飯的時候我才會下樓，而且沒吃多少，就馬上回房間。反正我一直待在房間裡，肚子也不會餓。

家人對於我的這種態度，沒有表現出懷疑的態度。

也就是說，自殺前的阿真，就是這樣的人。

話雖如此，這種日子過沒幾天我就膩了。

到了第四天，我開始受不了了。第五天是星期五，我決定去阿真的學校看看。這之前的那幾天，為了安全起見，我都是請病假在家休養。

雖然媽媽從沒有說什麼，但她心裡應該也在擔心我的學業會跟不上，所以當我前一晚和她說「我明天會去學校」，我感覺得到她很高興。

隔天，我久違地一早就起床，然後把早餐的雞蛋和鮪魚三明治吃得一乾二淨，然後去刷牙，甚至仔細地洗了臉，把長得太長的頭髮梳整齊。接著，我和洗臉台上那面鏡子裡的臉大眼瞪小眼，煩惱要怎麼透過髮型和穿搭讓阿真可以變得好看一點。簡單來說，關鍵在於髮型和穿搭。只不過在現階段，阿真連制服都撐不起來。

準備好之後，我回到阿真的房間，照著課表檢查書包裡的教科書。因為我太起勁而起得太早，離出門前還剩下不少時間。當檢查一下子就結束時，我的心情也在這時候直轉而下。

我走到窗邊往下看。朝陽灑落在我家門口的馬路上。和阿真穿著相同制服的學生，絡繹不絕地走過。

有感情好、手牽著手的女生二人組。

還有看起來很早熟的情侶檔。

整條路上充滿了笑聲。

我將床簾拉上後離開了窗邊，靠著床緣坐下來。明明差不多該出門了，我的身體卻動不了。就算媽媽來叫我出門，我也不回應她，只是這樣一直坐在床邊，直到普拉普拉從書櫃旁的陰影中緩步走出來。

「你在幹嘛？要遲到了喔。」

「我在等。」

「等什麼？」

「等著某個人來接我。」

話一說出口，那種空虛感更加強烈了。我將這種心情向普拉普拉傾訴。

「聽我說，阿真自殺以後，奇蹟般地活了過來，先在醫院裡住了一個星期，出院以後還請了四天假。但是在這段期間，沒有一個人來探望過他。沒有電話打來，沒有收到信，也沒人幫他送來上課的筆記。對於這種情況，我開始覺得越來越不對勁。」

「你還真是選在錯誤的時機發現討人厭的事耶。」

普拉普拉一臉厭惡地說。

「我先說，阿真自殺的事情並沒有公開，只有告知老師而已。其他的同學，只知道阿真得了感冒然後引發肺炎而已。」

「就算只是肺炎，也改變不了沒有半個人來探視的事實。」

我直視普拉普拉閃著琉璃光澤的瞳孔。那顏色彷彿太陽剛下山沒多久的青紫色天空，每一次看到都覺得如此美麗。

「我跟你說，不管你要說什麼，我都不會被嚇到了。希望你能老實告訴我，阿真是不是沒有朋友？他連在學校都是孤獨的一個人嗎？」

普拉普拉的眼睛轉變成了夜晚的顏色。

光是這樣，我就知道答案了。

「阿真是否孤獨，只有他本人才知道。雖然他的確都是一個人，但那也是因為他擁有一個屬於他自己的世界。」

普拉普拉在我的身邊坐下，用一種比平常嚴肅的語氣對我說。

「意思是他是個怪咖？」

「是有同學那樣想。阿真很內向，有時還有點過於纖細敏感，幾乎不太和同學說話。或者說，阿真認定自己是這樣的人。他覺得反正自己就是個局外人，沒辦法和大家相處，就這樣為自己建立起屏障，把大家隔離在外。」

「然後也沒人想接近阿真。」

「不，有一個人。有一個人會輕鬆隨意地跟阿真搭話。」

「誰？」

「桑原廣香。」

他初戀的女生啊……

「只有她不把阿真當成不同世界的人對待，總是很開朗地和阿真說話。雖然她應該是對所有人都這樣，但這對阿真來說是很特別的事。你明白吧？她的每一句話，對阿真來說，都是特別的。」

「然後這個女生和中年大叔一起走進愛情賓館。」

我用力往棉被上一倒。

「竟然有這種事。」

還真的沒見過像阿真這麼倒楣的人，而必須代替他來繼續演這個角色的我，也和阿真差不多倒楣。這個「再次挑戰」的機會，真是讓我越來越憂鬱了。

「你要怪就怪上輩子的自己吧。比起這件事，現在重點是學校，你再不出門就真的要遲到了。」

普拉普拉試圖把我從床上拉起來。

「我才不想去學校咧。」

「你這樣可是不夠格成為小林真喔。」

「好啊，就讓我不合格吧。」

「你再也沒有機會進到輪迴之中喔。」

「好啊，進不去也無所謂。」

「今晚我不陪你玩花牌了喔。」

「怎麼這樣……」

太殘忍了吧！我聽到後就急得跳腳。在這苦悶的日子裡，花牌可是我唯一的樂趣啊！

「你無所謂嗎？就這樣結束在你五連敗的情況下，可以嗎？」

「可惡……」

這世界上哪有什麼神明或佛祖。

只有可疑的天使而已！

從家裡走路到學校要二十分鐘。普拉普拉一邊帶著我走，一邊和我說著阿真的事。到後來我們走得很趕，小跑步穿過校門。等到我們抵達阿真的教室時，已經是班會開始前的時間了。

當我打開教室門一看，同學已經全都入座。他們全往我這邊看，露出一種無法言喻的奇怪表情。

整間教室裡彷彿灑滿了驚嘆號和問號，陷入了沉默。

起碼，教室裡的氣氛，完全不像在熱情歡迎久病痊癒之後來上學的同學。我瞬間領悟到，普拉普拉說的都是真的。

「好，要開始上課啦！」

我坐下後沒幾分鐘，班導就走了進來。

「今天會發很多講義，大家快點傳一傳，趕快搞定它。呃……在那之前，我先點名吧。」

班導澤田是年齡三十好幾的單身男子。他是為自己那有如大猩猩的體格引以為傲的體育老師，而他超乎常人的蠻力也被說是大猩猩級別的。在我住院的期間，他來探視過好幾次，只是每次我都在睡覺。以上這段說明是出自普拉普拉的導覽手冊。

「小林不在嗎？」

突然被他大聲點到，讓我嚇了一跳。

我定睛一看，發現教室內眾人的視線又再次集中到我身上。講桌後方的澤田正看著我，表情有點嚴厲。看來他已經叫了我好幾次了。

「你要是在，就出聲回答。」

「有，我在。」

我出聲回答他。

那一瞬間，整間教室騷動了起來。

連澤田都一臉出乎意料的表情，睜大了雙眼說：

「喔！小林，你今天的聲音聽起來很開朗嘛！」

拜託，這聲音很一般吧。

雖然我在心裡反駁，但為了觀察同學的反應，於是我又試著多說一句話。

「是的，託大家的福，我現在已經恢復健康了。」

教室裡又加倍騷動起來。

阿真開朗又有精神的狀態，看來對眾人來說是真的很異常。那一整天裡，教室裡的每個人，都用一種像在看快要生產的外星人一樣的眼神盯著我。所有人都一臉狐疑，遠遠地觀察著我。

然而，大家只是驚訝於「阿真不一樣了」，而不是懷疑「靈魂不一樣了」，所以不管別人對我有多麼吃驚或是懷疑我的用意，我都打算聽從自己的想法來行動。不管我的舉止多麼詭異，只要容貌和身體是小林真，那我就是小林真。

雖然這是我的基本方針，但他們當中還是有相當敏銳的傢伙存在。

讓我冷汗直流的那件事，發生在當天的午休時間。那是當我在學校後院的樹蔭底下小睡片刻醒來後，準備回教室的途中發生的。

走廊後方突然響起一陣急促的腳步聲。我一回頭，看到一個身形矮小的短髮女生直直盯著我看。從阿真的眼裡看去還覺得很矮的話，可見得她是真的很矮小。

「是研習營嗎？」

小不點用著她閃亮亮的眼睛觀察著我，突然出聲這樣說。

「你是不是去了什麼研習營？去讓自己變得不一樣了，對吧！」

「妳在說什麼啊？」

「你別想糊弄我。我什麼都知道。今天一整天，小林同學都很奇怪。你不是平常的小林。」

「妳到底在說什麼啦？」

我因為嚇一跳而往後退了一步，

「果然。」

小不點說道，臉上是一副「我就知道」的表情。

「果然是這樣。我之前看過研習營的相關報導。他們花很多錢去被人家洗腦，然後重生成一個嶄新的自己。小林同學，你就是請假去參加那種研習營對吧，脫胎換骨成現在這個這麼正向、樂觀又開朗的人，但我認為小林同學一點都不適合這個樣子。」

「那還真是抱歉啊。」

我的心情變得很糟。

「我告訴妳，我才沒去什麼研習營。」

「那是為什麼？你做了什麼嗎？」

「我什麼都沒有做。」

「騙人，我不相信。」

「沒問題，妳可以不相信。」

這女的到底是誰？我哪裡看起來正向、樂觀又開朗了？雖然我的疑問還沒解開，但我丟下那個小不點就離開了。處理這種人最好的方式，就是不要和他們深入來往。

「我絕對不會相信你的！」

一直到我要轉彎之前，那個小不點都還不放棄地這麼大叫著。

「我都知道，一定發生了什麼事。就算你瞞得了其他人，但是你絕對瞞不過我的！」

真是個奇怪的小不點，可是她的直覺很準確。

內心十分動搖的我，立刻跑進男生廁所的單間裡，呼叫普拉普拉出來。

「剛剛那女生是誰？」

「她啊……」

普拉普拉出現時，手上已經翻開那本導覽手冊了，但他沒有平時那種很跩的樣子，翻頁的動作也顯得有點焦躁。

「沒有。」

他終於放棄尋找，將本子闔上。

「導覽手冊裡沒有記錄那個女生的事。」

「什麼意思？」

「導覽手冊裡沒有紀錄，代表在阿真的記憶裡那個女生並不存在。」

「也就是說，」我接著說。「阿真沒有把她放在眼裡？是這個意思嗎？」

「嗯，」普拉普拉點頭。「你理解得真快。」

「哼！」

我斜睨一眼那本不可靠的導覽手冊，心情變得有點複雜。

小林真不放在眼裡的人，奇怪的小不點。

就只有她，只有她一個人，發現了阿真其實是我這件事……

上學的第一天實在非常漫長：在教室裡時是受到大家的視線攻擊，在走廊上則是有奇怪的小不點來糾纏。到了放學前的班會時間，我已經累到不行了。但就算是這樣，在阿真的行動範圍裡，還有那麼一個我想要去確認的地方。

放學後的美術教室。

這也是我今天早上第一次聽到普拉普拉說的。阿真竟然是很積極參與社團活動的美術社社員。雖然感覺像個毫無優點的人，其實他唯獨在畫畫方面非常優秀，彷彿是為了美術課和社團活動才去上學的。

可能是這個原因，儘管社團活動原則上只能持續到三年級的第一學期，但阿真一直到第二學期都還會出現在美術社。實際上，確實也有其他的三年級學生持續參加社團活動，而社團老師不只是默認這個情況，甚至還讚賞了阿真這群人的熱情。

然而，阿真的熱情似乎不只是投注在畫布上而已。

放學後，我一進到位於新校舍三樓的美術教室，便在後頭的櫃子裡尋找阿真的畫布。我找到了一張畫到一半的油畫，接著將創作油畫的工具攤開，把阿真那幅畫放到畫架上。

其實本來我只是想做個樣子而已，但實際這麼做了之後，不禁也開始想畫畫。

我坐在摺疊椅上，對著阿真的畫布看了十幾分鐘後，終於動手將油畫顏料擠到木頭調色盤上，開始繼續阿真沒完成的作品。一開始我只是看著其他人作畫的樣子有樣學樣而已，漸漸地畫筆自己開始動了起來，然後在不知不覺間，我已經全然沉浸、徜徉在繪畫的世界中。

紅磚色夕陽斜射之下、暖烘烘的教室。

奇妙的、讓人覺得很舒服的油畫顏料氣味。

在如此令人心滿意足的寧靜下，阿真的心情自然而然變得清晰可見。教室裡雖然有十幾個社員，但所有人都熱切地全神貫注於自己眼前的畫布上，沒有像是在三年A班的教室裡那些緊緊盯著我的視線；偶爾傳進耳裡的閒聊或是笑聲，反而讓周遭的氣氛變得輕鬆。

在這裡，這個空間裡，阿真非常地放鬆。

只有在這個地方，他才感覺安心自在——

當我在畫布前確信了這件事，不知為何我的胸口揪緊了一下。

「阿真，好久不見！」

就在這時，我的背後傳來如酸甜水果般的聲音。

還沒轉過頭，我已經知道這個聲音是誰的了。

桑原廣香。我就是為了想看她一眼才來這裡的。

到底是什麼樣的女生？我緊張又期待地轉過頭，只見一個有點豐滿的棕髮女生，正盯著阿真的畫布瞧。

「阿真你去幹嘛了啊？都沒有來社團活動。廣香我開始忍不住擔心你這幅畫是不是要永遠停在這裡了。這是人家很喜歡的畫呢。人家我是為了這幅畫，才一直來這裡的耶——最後一句話是騙你的啦。」

我已經從普拉普拉口中知道這些都是謊言了。桑原廣香雖然沒有參加社團，但她的好朋友是美術社的，所以有時候會像這樣跑來玩。而阿真，他是一直、總是如此屏息等待著這個廣香主動來跟他說話的瞬間。

「不過真是太好了，阿真復活了。你可要好好地繼續完成這幅畫喔。阿真的畫最近不是一直很陰沉嗎？現在這一幅終於又看到漂亮的顏色了，讓廣香非常期待喔。」

她彎下腰，彷彿要將臉頰貼著我一般說著話的樣子，和我在腦中描繪的桑原廣香的形象非常不一樣。我本來以為她是個更大人樣、給人距離感的女生，結果，不管是她的聲音或說話方式都很孩子氣，卻又莫名的性感。每當她的長髮碰到我的臉，我的心臟就劇烈地跳動，彷彿就要爆炸了——雖然這應該是阿真的身體擅自起的反應就是。

「阿真，你不可以再翹課了喔。你和廣香約好，要人家用喜歡的顏色好好地把這幅畫完成。我們說好了喔！你看這隻馬，只畫到一半也太可憐了。」

廣香明明就是比我小一年的中學二年級生，卻不管阿真叫「學長」，而是叫他「阿真」。一定就是她這種肆無忌憚、不拘小節的一面，讓阿真動心的吧。

「我說啊，這隻馬，人家覺得畫得非常好，因為它就算還只有畫出輪廓而已，卻已經這麼生動了，好像飛在空中一樣，真的好帥。」

她雖然不是美人，卻散發著一種豔麗感。她乳白色的柔軟肌膚，讓我不自覺地顫抖；那兩片看起來ㄉㄨㄞㄉㄨㄞ的飽滿嘴唇，想到我只需要一伸手就能碰觸到，下半身就感到一陣酥麻。不對，這當然也是阿真的身體擅自起的反應……

「背景的天空也好漂亮。這種藍色很少見吧，寬廣又透明，像一片純粹的天空。廣香雖然沒有看過這種天空，但是很喜歡。」

和她其他的優點相比，桑原廣香最好的地方，就是就算阿真一句話都不說，她也可以一個人自顧自說下去。對於不擅長說話的阿真來說，這一點想必是最讓他喜歡的地方。

可是我對於廣香說的內容無法認同。

塗滿了整張畫布的那片藍色。漂浮在右上方的那匹馬才畫到一半，存在感還很淡薄，所以就這個階段來看的話，這幅畫的重點應該是那片藍色才對，而廣香說這個藍是天空，我反倒覺得是……

「我覺得這應該是海吧。」

突然，背後傳來一個熟悉的聲音，想法和我一樣，讓我嚇了一跳。

「飛在空中的馬雖然也很棒，但我不管怎麼看，這都是一隻在海裡游泳的馬。這隻馬在又深又安靜的海底，慢慢地朝著水面往上游。妳看，上面這個部分，藍色看起來有點明亮對吧。」

「就是這樣沒錯！」

我脫口而出，興奮地轉向聲音的主人。

但也在那個當下，興奮瞬間消退。

「我不是早就跟你說了嗎？」

小不點得意地笑著說：

「你是瞞不過我這雙眼睛的。」

3

小不點的名字叫做佐野唱子，和阿真一樣是三年A班的學生，而且也是美術社的社員。儘管如此，這位謎一樣存在的同學卻仍沒能進入阿真的視野內——雖然這有可能是因為阿真的視野只容得下桑原廣香就是了。

總之，從那之後，我就飽受這個佐野唱子的騷擾所困。

唱子堅信「阿真不是以前的阿真」（這一點她倒是矇對了），還執著地一直跟著我，一副想剝下我披著的假皮的樣子。

「如果你不是去了研習營，那該不會是接受催眠療法了吧？」

「不太可能，我覺得這個可能性不大——但如果是真的，你就老實跟我講吧。還是說，你該不會去斯里蘭卡做了驅魔？」

「我就開門見山直接問了，你是不是去和海豚游泳了？」

「我爸爸的朋友啊，小孩出生後就像變了一個人一樣。小林同學你該不會是這個年紀就有小孩了吧……」

不知道她到底是從哪裡搜來這些哏，一個接一個的，不斷往我丟出新的推想。

「我不相信催眠術。」

「驅魔？我會去拜託天使幫忙。」

「我不太會游泳。」

「雖然我不記得有這回事，但如果是我的話，我會做好避孕措施。」

我最初還會一一反駁她，漸漸地開始覺得麻煩，到最後覺得這一切實在太荒謬了，於是每當我一察覺到唱子的氣息，就會立刻逃走。

最安全的躲藏地點是美術教室，因為只有在我畫畫的時候，唱子不會來打擾我。她會站在一定的距離以外，不靠近我，靜靜地從後面看著畫布，不知道是不是因為對畫畫的人來說，美術教室算是某種神聖不可侵犯的場所。

——沒錯，說來有點害臊，但那天之後我還是繼續參加美術社的活動。

反正我也是個閒人，放學後就算立刻回家也無事可做，而與其回去和那些家人相處、弄得自己心煩意亂，倒不如在學校待到很晚再回家。

我也很在意桑原廣香的事。簡單來說，我也和阿真一樣，屏息期待著廣香來找我說話。我當然很清楚這不是什麼值得說嘴的事，也知道她是造成阿真痛苦的人之一，但廣香仍然擁有一種讓人摸不透的魅力，讓人希望她可以一直用那種奇妙的腔調說些摸不著頭緒的話，也讓我不禁會想：真希望我就是那個中年男子……

但真要說的話，讓我一直來美術教室的最重要原因，單純只是因為我也發現了畫畫的樂趣。

我打算慢慢地、花時間將阿真那幅藍色的畫完成。不知是不是因為這是阿真的身體，我馬上就習慣了油畫而且畫得很好，而與其說這是學習某種新的技巧，更接近逐漸將我原本就知道的東西撿回來的感覺。

我小心翼翼地在畫布上落筆。

畫布裡出現了一個小小的、直到剛才為止都不存在的東西。

在重複作畫的過程當中，那小小的東西變成了某種巨大的存在。

隱約地，某樣東西正在逐漸成形。

那是我們的世界。

我，還有阿真的世界——

唯有當我沉浸在繪畫的世界裡，我才能忘記阿真的不幸際遇、孤獨、淒涼和矮小的身高。我對油畫的興趣日益加深。即使第二學期的期中考將近，放學後的美術教室裡空無一人，我依舊一個人勤奮地去美術教室畫畫。

結果就是，當期中考一結束，班導澤田把我叫去訓話了。

「聽好了，小林。我呢，非常清楚你之前請了很長的假。我想那也是一段精神上很難熬的時期吧，但就算如此，即使是這樣……」

澤田一邊用手抖了抖我的成績單，一邊對我說：

「這成績也太淒慘了。」

我完全同意。

放學後，陰暗的教職員辦公室裡，我和澤田在為阿真頭痛著。問題真的很嚴重：阿真的期中考分數，三科平均是三十五分，五科則只有三十一分。這是完全超現實的慘烈成績。

「我知道這分數和第一學期相比沒差很多，但是一般來說，到了第二學期以後，大家都會開始上緊發條。你畢竟是考生，如果再這樣隨心所欲下去，讓人該拿你怎麼辦啊……」

澤田那兩道濃密的粗眉往下一垂，一副很困擾的樣子。

我也很煩惱。

這畢竟是小林真的考試，是他過去以來的學習與努力發揮成果的時候。就算我第二學期都沒什麼在聽課，只要將考卷翻開，我相信阿真的腦細胞就會自己開始動起來答題。但其實，在我掀開考卷的瞬間，我就隱約感覺到不妙了，可我萬萬沒想到，他的腦細胞竟然這麼不中用……

「照這樣下去，我說真的，升高中會很危險啊。」

現在這個時間點，話題很自然就轉向高中入學考試。

依照澤田的說法，到中學三年級第二學期為止的成績，都會影響高中的入學申請。而且不光是考試成績，包括上課態度、出席率、報告繳交率等的綜合成績，都會造成影響。阿真第一學期的申請分數可以說是糟糕透頂。雖然澤田沒有明講，但我覺得這個情況下的「糟糕透頂」，應該就是字面上的意思：全班的最低分。

不管怎麼說，得想辦法在第二學期挽回才行。

「唉，事實就擺在眼前。」

澤田也不知該如何是好。

「怎麼辦，小林，再這樣下去，你可能只剩下單願[1]申請私校這條路了。」

「單願申請？」

「假設你從現在開始努力用功讀書，然後在正式大考時考到好成績的話，也還是有機會的，只不過憑你現在這個申請分數，想靠大考成績來逆轉結果，難度還是相當高，風險很大。如果你想要保證有高中可以讀，還是得走單願申請或是推甄入學這兩種方法。這幾年，公立高中提高了推甄入學的名額，但老師覺得最保險的方法是單願申請私立高中。」

「如果是私立高中，只要用單願申請，我也可以入學嗎？」

「假如你不管什麼高中都可以接受的話。」

單願申請入學。

雖然不是很懂這制度，但我決定就是它了。

「好，那我決定走單願申請。」

---

1 日本一種私立高中升學方式。學生只能申請或報考一所高中，錄取條件寬鬆，適合想穩定進入私立高中就讀、不想冒落榜風險的學生。

「什麼？」

「我決定要單願申請私立高中。」

「你這是什麼話！怎麼可以這麼輕易地……」

「高中也是，不管哪一間我都可以。」

「但是憑你現在的程度……」

「沒關係。」我向一臉困惑的澤田保證。「我只要符合我程度的學校就好。」

我心想話差不多說完了，就從椅子上站起來。什麼嘛，也不是什麼太嚴重的問題啊。

「這樣啊……原來你也是這種類型的學生。」

澤田歪著頭，用一種旁邊的老師聽不到的聲音，小聲地這樣說。

「最近變多了呢，你們這種沒有半點競爭意識的考生。嗯，也沒什麼不好啦。反正還有點時間，你回去再好好想想吧，記得也要和爸爸、媽媽好好商量。」

澤田說完後，用他厚實的手按著我的肩膀，讓我坐回椅子上。

「你還好嗎，狀況怎麼樣？」

「狀況？」

「就是，那個嘛，上次那個……」

澤田含糊地說道，一副難以啟齒的樣子。

「沒事，只是……關於那個，你媽媽有請我們暫時不要跟你提起，但老師呢，還是有點在意。」

「喔。」他一說完，我就想起來了。「是指自殺的事嗎？」

「欸，你這傢伙，不要這樣直接說出來啦。」

「如果是那件事的話，已經沒事了。當時我只是一時衝動而已，以後不會再做出這種事了。」

我裝出若無其事的笑，澤田卻往我湊過來，像要嗅出什麼異味一樣，問我說：

「真的嗎？」

「真的。」

「敢和我打賭嗎？」

「不要。」

「狡猾的傢伙。」

「老師你才狡猾。」

「好啦，看你最近的樣子，確實感覺像是都看開了一樣。」

最後，澤田擺出一副大猩猩的凶猛表情說道：

「不過，要是你在班上遇到什麼問題，得立刻來跟我說。我會幫你的，我的力量可是很厲害的喔。」

他這句話聽起來不像在說謊。

根據普拉普拉的導覽手冊，一直以來，澤田好像都是用他那厲害的力量在保護學生。「一旦讓我發現班上有霸凌的情況，我會把加害者先好好打一頓，之後再來聽你們解釋。」這就是澤田奉行的信條。阿真擁有這樣的班導，可以說是在他幾乎沒半點好處的人生當中唯一交上的好運。

我一邊沉浸在這種感慨的情緒中，一邊向澤田點了點頭，走出教職員辦公室。

那天晚上，我向阿真的媽媽報告了我會用單願申請私立學校的方式升高中。

就我來說，也想趁機把阿真自殺後就沒再去補習班的問題同時解決，所以也一併提出來說了。既然只要不設定太高的目標，以我現在的學習能力也能有學校可以上的話，那我不想再去補習班了。

「咦，是這樣嗎？你已經決定了？」

因為我的報告很突然，所以媽媽一頭霧水的樣子。

「你有好好地和老師商量過了嗎？」

「嗯。」

「老師也同意你這樣做嗎？」

「算是吧。」

「這樣啊……」

媽媽陷入沉思。至於我，比起在意媽媽的反應，反而因為別的事而分心。

晚上七點鐘，是平常吃晚飯的時間。可是今晚，面對面坐在客廳飯桌上的只有我和媽媽兩人。

這是怎麼回事？

先不管每晚都要去升學補習班的阿滿，總是像個擺飾品一樣穩穩地坐在那裡的爸爸竟然不在，這還是我出院後頭一次遇到的情況。

「爸爸從今天開始，有好一陣子都得加班了。」

不知是不是察覺到我的疑惑，媽媽看著爸爸的空位這樣說：

「我想阿真你應該也知道，現在爸爸的公司正處於很艱難的時期。那樣的黑心事業曝光之後，為了挽回大家的信任，全公司的人都在努力中，但是爸爸之前都說阿真比較重要，所以硬是和公司要求提早回家，不過，到現在也差不多是極限了。爸爸覺得阿真最近穩定下來不少，所以又得回去幫公司賣命了。」

「是喔。」

我哼了一聲。

「部長先生還真忙碌呢。」

「就是啊，也多出很多新的工作呢。」

連我在諷刺都沒發現，她也太粗神經了。

但這也意味著，接下來我和媽媽兩人共進晚餐的次數會變多的意思。我光是想像，就覺得失去胃口。雖然不管是誰，大概都不想和自己媽媽單獨共進晚餐，但是就我的立場來說，他甚至還是別人的媽媽。

和我毫無關係的阿姨。

外遇的人妻。

骯髒的中年婦女。

雖然覺得這一切都和我無關，但是從上腹部湧現的不快感，有時會讓我變成殘酷的人。

「兩個人一起吃飯——」

就像現在這種時候。我看著媽媽有點畏縮的眼神，用一種銳利、像是要往她刺過去一樣的口氣說：

「總覺得，讓人很想吐。」

說完我就放下筷子，二話不說回去房間。

稍後，當我從廁所要回房間而與她擦身而過，看到她眼眶泛紅還有點濕濕的，我其實仍受到一定程度的良心譴責，但我又會心想：本來就是這個女的不好，為什麼是我受到良心譴責。結果我的憤怒又瞬間膨脹，對於她刻意讓人看到她的眼淚感到忿忿不平。這裡不過是「寄宿家庭」，我知道自己只是暫時借住而已，但即便如此，我在小林家裡總是一直覺得很煩悶。

這種時候，有個咒語可以安撫我狂躁的心，那就是：桑原廣香。

她那圓圓的臉、有點黏膩的聲調，具有可以舒緩我心情的不可思議魔力。我還不知道這是不是戀愛，但我每天想著廣香的時間越來越長。失眠的夜晚，偶爾我也會透過想著廣香來滿足阿真的身體。這還真是個需要人照顧的身體呀。

在這樣的日子裡，我逐漸對普拉普拉的導覽手冊中記錄的阿真記憶產生懷疑。

簡單來說，我開始覺得那可能只是阿真會錯意了。

我的想法是，和廣香在一起的那個中年男子，其實可能只是廣香的父親，就像電視劇或漫畫裡會出現的冒然誤判，阿真只是掉進常見的陷阱裡而已。

沒錯，肯定是這樣……只不過，那他們為什麼要走進愛情賓館呢？

一定是因為他爸爸倒下了！沒錯，他和女兒走在路上時，突然感到身體不適，環顧四下卻都沒有可以休息的地方。在實在沒辦法的情況下，只能父女倆一起到愛情賓館休息兩小時。這是很常見的情況。我實際上也經常遇到這種親子。這可以說是家常便飯的事……不行，說不通。

完全說不通。

「我想問你一個問題。」

一天晚上，因為我再也忍不住，終於開口問了普拉普拉。

「我現在雖然在小林真的身體裡，但我只是一個靈魂對吧。所謂的靈魂，應該是又輕又透明，可以飄起來、飛到任何地方去的，對吧？」

「假如你，」普拉普拉冷冷地說。「想的是要輕飄飄地飛去桑原廣香的房間，偷看她換衣服的樣子，奉勸你盡早打消這種念頭。」

「咦？」

我嚇了一跳。

「你怎麼知道我在想什麼？」

「每個男生都會問這個問題。」

好像已經很厭煩這一類的問題似地，普拉普拉的語氣非常冷淡。

「你們每個傢伙都把靈魂和幽靈、透明人混為一談。很可惜，你不像幽靈那樣自由，也沒有透明人那種特殊才藝，就只是個無用的靈魂而已，現在被綁在小林真的肉體裡，沒辦法隨心所欲自由進出。如果你這麼想看桑原廣香換衣服的話，就堂堂正正走大門進去吧。」

「嗚……」

我失望地往床上一躺。這時，普拉普拉比剛才還要冷淡的聲音從上頭傳來：

「你這傢伙該不會只是為了這種下流心思，就把我叫來吧？」

我立刻坐起身，看向站在窗邊的普拉普拉。他雖然還是和平常一樣面無表情，但他的眼神和聲音一樣，都帶著一股寒氣。看來他是生氣了。我急忙下床，從書桌的抽屜裡拿出花牌，問他：

「今天要不要繼續玩第七回合啊？」

我試著對他微笑示好。

普拉普拉沒有理我，而是指著書桌的椅子說：

「去那裡坐好。」

「什麼？」

「坐好就對了。」

「是。」

沒辦法，我只好坐下。

普拉普拉突然像在動手處理剛釣上來的魚一樣，以毫不留情的氣勢開始訓話。

「我說你啊，之前我就想問了……你有身為再次挑戰者的自覺嗎？你明白這裡是你修行的地方嗎？我什麼都不說，你就一直這樣悠悠哉哉過日子……」

寄宿生活已經開始差不多一個月，看來普拉普拉不太滿意我的小林真生活。

既然稱之為「再次挑戰」，相對程度的挑戰是不可避免的——普拉普拉難得用很激動的語氣這麼說著。我必須在前世犯下過錯的人間，想辦法鍛鍊自己的靈魂，才能再次獲得轉生的資格，但他在我身上完全看不到我對這件事的決心、魄力和膽識。雖然我對油畫的熱情尚值得讚許，但除此之外，就總是無所事事地一直想著桑原廣香。高中考試的事，我也是立刻就選了最輕鬆的道路，使得它根本算不上修行，而沒有修行，就沒辦法提升靈魂的等級。他說，只要靈魂升級，我自然就會想起前世犯下的過錯，但是照這個情況來看，那一天不知道什麼時候才會到來。

「再說了，你這傢伙根本沒有想要想起前世的事情吧？你沒忘記自己是為什麼來到這裡吧？我也不想說這種話，但你這樣子，我這嚮導也當得很沒意義。我還真是羨慕其他嚮導，他們負責的靈魂都充滿了行動力。」

普拉普拉用抱怨收尾，最後呼了一口氣，坐到床緣。

「說完了？」就算我這樣問，他也不回答我，但我看是說完了。

到這裡，換我開始猛烈的反擊。

「既然這樣，那我也有話要說，我當然也有想過前世的事啊。既然會來到這種地方寄宿，想必我是做了什麼很可惡的事吧，說不定是殺了人，也可能是騙了人大把金錢，又或者是因為我用火不小心，導致幾十人受到傷害。但你覺得我想這些事會開心嗎？只會心情變差啊。」

我翹起腳，身體往前傾，忿忿地瞪著普拉普拉：

「而且，假設我想起了前世的過錯，然後離開小林真的身體，之後可能會轉生到……比方說小森純、小山進之類的，但也不能保證那些人就比小林真的狀況更好吧。我根本沒辦法相信下一次就會是更快樂的人生。」

「或者小池優子、小川陽子是嗎？」普拉普拉一本正經，多加了幾個人名，接著說：「也不是只會轉生成男生。」

「重點是，就算轉生後的我改變了，但我轉生的世界不會改變啊。發生在前世的我身上的壞事，還是有可能會發生在來世的我身上。發生在小林真身上的事，也可能發生在小森純或是小池優子身上。」

「意思是，每個人的條件都一樣：沒有人是帶著保證出生的。」

「就像『寄宿家庭』一樣呢。有中大獎的，也有銘謝惠顧的，不到開獎時不會知道。」

我無奈地笑了。

「你們老闆還真是霸道。」

我一開始只是想反擊而已，說一說卻開始真的難過起來。

再次轉生到陌生的家庭，在那個世界和其他人從零開始建立關係——我發現我對這些事情，比我以為的還要感到不安和恐懼。

我到底……前世的我到底是過著什麼樣的生活。

等我回過神時，發現普拉普拉把手搭在我的肩上。我轉頭過去對著他苦笑，他也苦笑著，將另一隻手伸向書桌，然後抓起那副花牌：

「來玩第七回合吧？」

如果是遊戲，就可以輕鬆地重新來過……

4

十一月的第一個星期日。

我把阿真土氣的頭髮剪了，還用慕斯把瀏海往上固定住。

隔天，我在走廊上遇到廣香時，她稱讚說：「阿真好有型啊！」這是我成為小林真之後最開心的瞬間。

我把阿真的存款領出來，買了一雙現在流行的球鞋。班上男同學小聲地問我：「好帥喔，這要多少錢？」

最近，就算我向座位附近的人搭話說「下一堂的體育課在哪裡上？」或是「借我橡皮擦」等等，他們也不再會嚇一跳了。

撇開對於我的變身之謎緊追不捨的佐野唱子，同班同學已經開始習慣我這個版本的小林真。

那幅還沒畫完的油畫，雖然進展得還很慢，但也在順利進行中。照這速度來看，我應該在寒假前就可以完成。

雖然普拉普拉說成那樣，但仔細想想，我其實也在以我自己的方式修行，一點一滴地在改變。我對以轉生為目的的修行沒興趣，可是為了讓身為阿真的日子可以過得愜意一點，我願意盡些心力，比如把瀏海往上梳，這樣身高看起來也會更高一點不是嗎？

就在我開始對現況有些得意忘形之際，普拉普拉警告我不要「鬆懈」了。

「寄宿就和開車一樣，當你覺得習慣了的時候，就是最危險的時候。」

被他說中了。

所謂的壞事，看起來像是出其不意降臨，但其實是在我們看不見的地方，確實地、好好地醞釀準備著。

高中就挑選一所我進得去的地方輕鬆入學就好。自從決定這個方針之後，我便徹底把考試的事丟到一邊。理所當然的，我以為周遭的人也都忘了這件事。

所以，十一月中的某個晚上，當睽違兩個星期才再度和我一起吃飯的爸爸，突然問「可以的話，不要選私立高中，去念公立學校好嗎？」時，我感覺就像遭到突襲，完全措手不及。

我大聲頂嘴回去：「你現在才講！」

「其實是因為，阿滿來說他想要改大學的志願。他想改念醫學院。」

因為開暖氣而有點悶熱的客廳裡，爸爸隔著桌子和我面對面坐著。他遲疑地開口，臉上一副尷尬到不行的表情：

「你也看到了，阿滿從早到晚都在念書，這陣子更是奮發努力，所以爸媽也希望盡可能實現他的理想，但即使是國立大學的醫學院，學費也是高得嚇死人。未來要是付了那邊的學費，還要再加上阿真你念私立學校的費用的話，老實說，我們家可能會……」

爸爸沒把最後的句子說完，換成旁邊的媽媽說：

「你也知道，爸爸的公司現在正處於重建的辛苦時期，因為高層全體辭職的關係，現在很多情況還很混亂，而且公司和以前長期來往的顧客之間的信賴關係也還沒恢復。雖然說爸爸在這次的事件中升職了，但他今年可能拿不到年終獎金，也沒人知道以後會變成怎麼樣，所以我們……」

她不停說著這一類內容，沒完沒了。

「不過，這當然是指你能考上公立高中的情況。如果你沒考上，那也沒辦法嘛。」

「但是阿真，你要不要去試試看呢？只要阿真你盡力去做，其他的事，爸媽都會想辦法的。爸爸很想看看阿真奮力挑戰某件事情的樣子。」

喂喂喂，又是挑戰？

兩人一起用哄小貓那樣的語氣說話，而我只是冷眼看著他們。

挑戰、挑戰、挑戰——為什麼這個字眼讓我感覺這麼無力呢？

「嗯，我考慮看看。」

丟下這句話後，我立刻回到房間。

考公立高中啊……

我躺在床上，看著象牙色天花板，開始思考。

阿滿有非常明確的目標：以醫學院為志願。我和他不同，不是非去私立學校不可，也曾經想過要是家裡錢不夠的話，就去考公立的。問題在於，我的寄宿生活到底會持續到什麼時候？要是我拚了命讀書，結果在大考前就得和阿真的身體說再見，那不就做白工了嗎？這才是我擔心的事。

「阿真，方便嗎？我要進去了喔。」

正在煩惱中的我，聽到媽媽的聲音。

她沒等我回覆，就擅自把門打開，走了進來。

「這麼突然和你說這件事，對不起。」

我急忙鑽進棉被蒙住自己，感覺媽媽的動靜在我的腳邊附近。

「但這是我們深思熟慮後的結論。我和爸爸討論了好幾次，也有問過澤田老師的意見……」

「澤田？」

為什麼會出現澤田的名字？

「我們希望可以盡可能地、慎重地考慮這件事情，只是也想確認這件事有沒有可能會讓你覺得痛苦，或是把你逼過頭。」

聽到媽媽那緊張的聲音，我就理解了。阿真才剛從死亡的深淵被救回來，而他們不知道阿真自殺的原因，所以他們在擔心會不會是考試壓力把他逼上了絕路。

「但是媽媽覺得，不管你心裡有再多的煩惱，應該都不是為了讀書所苦。」

媽媽把聲音放得更輕柔一點：

「因為，你從小就是個完全不在意成績的孩子。不管考試成績是好是壞，你都不在乎，對於班上的名次也從來不在意。大概你天生就是討厭競爭、排名這種事吧。運動會上也一樣，你不管是跑贏還是跑輸，永遠都有點悶悶不樂的樣子。能讓你在贏了以後歡天喜地的東西，就只有撲克牌了。媽媽覺得你這樣的個性，應該不會為了念書的事而苦惱才對。當然我不是說百分之百不會，但是澤田老師也說過，會有考試焦慮的人，通常都是那些志向特別高的學生。」

媽媽說的話，讓我心裡頓時感覺和阿真很親近。

說不定，阿真和我一樣，也是討厭「挑戰」這個字眼的那種人。

什麼汗水、淚水啦、勝利之類的，被強迫參加我們根本不在乎的比賽，一想到那種心情，我就……

「不要再說了，我會照你們的意思去考公立高中。還有，我自殺不是因為考試的關係。」

我猛地把棉被掀開，坐起身來。

「妳想知道自殺的原因，之後問問妳自己吧。」

我一看到媽媽的臉，不知道為什麼，就是會忍不住多說一句。
「什麼意思？」
媽媽的臉色一暗。
「我說了啊，要妳問問妳自己。」
「你不和我說，我怎麼會知道。」
「那就一直想，想到妳想通了為止。」
「我想過了啊，我拚命想過了！」
投射在地毯上的媽媽的影子，突然彎折變形。
「阿真，拜託你告訴我。你不要自己在心裡糾結，然後一個人受苦。爸爸雖然說要等到你自己敞開心房的時候，但媽媽已經等不下去了。拜託你，和媽媽說到底發生了什麼事。是什麼讓你這麼痛苦？是什麼事讓你想去死？發生什麼事了嗎？再這樣下去，換成媽媽要崩潰了！」
我看著情緒失控的媽媽，看著她消瘦的臉頰，以及眼睛底下青黑色的黑眼圈。她一副自己才是受害者的樣子。一想到這裡，我整個火大起來。
「好啊，那我問問妳。」

住手！

我的腦海裡響起普拉普拉憤怒的聲音，但我沒辦法阻止自己。

「佛朗明哥舞的老師還好嗎？」

我抬頭看向媽媽的臉，對著她一笑。

那一瞬間，我看出媽媽的臉像是蓋上一層冰霜似的僵住了。她的眼瞼、臉頰、嘴唇，全無法動彈，只有瞳孔慌亂地游移不停。這種反應一看就知道是做賊心虛。

看吧。果然是這樣。我二話不說起身，從媽媽手臂下的空隙鑽過去，走向衣櫃，穿上用阿真的存款買的黑色連帽外套，然後手裡拿著錢包，往大門口走去。

走出房門時，我回頭看了一下。媽媽已經跌坐在地，雙肩顫抖著哭了起來。

來到外頭後，我發現正在下雨，冰冷的雨滴在臉上讓我抖了一下，想起自己今早就有一點感冒症狀，體溫也有一點高，但我依舊單手撐著傘繼續往前走。

十一月的晚上，既沒有星星也沒有月亮，空空蕩蕩得就像天上某個老闆的失敗作，蠢到不行。

「蠢的是你這傢伙吧。」

普拉普拉突然出聲，接著出現在我身邊。他身上穿著一件帥氣有型的風衣，手裡卻撐著一把不搭調的白色花邊陽傘。

果然，這種搭配，該說是天使系審美嗎……

「這是配給品，可不是我個人的品味。」

普拉普拉一臉嫌惡地盯著我。

「比起這種無聊事，你是腦袋有問題嗎！你想毀了阿真的家庭嗎？」

「我只是代替阿真，說出他死前沒說出口的話而已。」

我也不服輸地頂了回去，打從心底對許多事感到厭煩。

「我知道的越多，越是為阿真覺得很不值。他膽小害羞又安靜老實，很多話不管對誰都說不出口，結果就那樣死掉了。我和他可不一樣。反正我的前世可能幹了殺人、搶劫之類的勾當，是做盡壞事的敗類，事到如今也沒必要忌諱什麼。阿真沒做到的事，我全部都要幫他完成。」

「哇！你好棒棒，好像正義的使者喔。」

儘管普拉普拉吊兒郎當吹了聲口哨，可是他緊盯著我的眼神非常嚴厲。

「但你這樣做真的是為了阿真嗎？說實話全是為了你自己吧。你這傢伙，因為阿真是個不中用的人，你不喜歡這個寄宿的家庭，覺得所有事情都無法照你所想的進行，還落到必須用功準備大考的窘境，讓你覺得很煩躁，才會遷怒到媽媽身上，這樣你還敢說是為了阿真？」

「你住口！」

我把傘丟到地上，快步往前走。

普拉普拉把傘撿起來，追了上來。

「你等等，聽到了沒。我要說的是，你不要這麼快就下定論。大家口中『膽小害羞又安靜老實』的阿真，也不一定是真正的阿真。那說不定是他身邊的人擅自認定的，而這樣的形象反而束縛住阿真。同樣的道理，你也不要隨便認定自己的前世就是個窮凶惡極的人，畢竟所謂的過錯也是分很多種的。」

從剛剛開始，我就覺得腦袋又痛又重。普拉普拉說的話，我也全部有聽沒有懂。我保持著沉默一直向前走。

「欸，你到底要去哪裡？」

「不關你的事。」

「你明明沒有地方可以去。」

「你管我。」

「給我回家去。」

「你才是快點回上面去。」

「我有身為嚮導的責任。」

「那你就給我指引啊。」

我停下腳步。

「我要你指引我去找桑原廣香。」

這個絕妙的點子冒出來時，我的身體立刻很現實地忘了頭痛的事。

「拜託你啦，我現在好想看到那張臉，想聽到那個聲音。我不會要求你給我看她換衣服的樣子啦。」

普拉普拉面對一臉興奮的我，陷入了沉思，一臉不情願的樣子。

「我是可以指引你過去。」

終於，他開口了，同時用一種憐憫的眼神看著我：

「但不要是現在。今晚你要是去見她，一定也會受傷。」

「受傷？」

「和小林真同樣的遭遇。」

「啊。」

原來是這回事……

我一理解普拉普拉的意思，就感覺晚上的寒氣彷彿又下降了五度，心臟像是被一隻冰冷的手扣住了一樣，讓我覺得呼吸困難。說不定我再怎麼樣也無法逃開束縛住阿真的命運，但就算是這樣——

「就算是這樣，我還是和阿真不同。」

我大口深呼吸，說出這句話：

「我不像阿真那樣脆弱。」

手裡拿著黑傘和白傘的普拉普拉，臉上蒙上一層灰影。

我搶回我的黑色雨傘，說了「走吧！」就起步往前走。

殘酷也好，會讓我受傷也沒關係，我是真心想更進一步了解桑原廣香這個人。

5

從附近的公車站上車後，我搭了二十分鐘的車，再從終點站下車走十分鐘。淫穢糜爛的霓虹燈林立的小巷角落裡，有一間叫做「搖籃曲」的喫茶店。普拉普拉告訴我，桑原廣香就在裡面。我疑惑著，在現在這個時代，竟然還有叫這種店名的喫茶店存在，但還是跟著普拉普拉的指示一路找來。

結果出乎我的意料，竟然立刻就找到了。

晚上九點過後，當我找到「搖籃曲」的招牌時，剛好遇到桑原廣香從那間店走出來。紫色玻璃自動門的後頭浮現出藍色的影子，門一打開，出現的就是桑原廣香，身上披著一件深綠色外套，散發成熟的風情。她的背後跟著一個看起來像四十多歲、也可能五十多歲的中年男子，外觀看上去就是非常普通的上班族，穿著筆挺的西裝。他雙眼眼角下垂的樣子，和廣香很像。說不定兩人真的是父女。

但彷彿要給事到如今還抱持這種想法的我致命的一擊，他們就這樣直接往後面的巷子裡走去，朝著可疑的神祕地帶前進。

我用雨傘擋著臉，尾隨著兩人——沒錯，就和阿真在自殺前幾天跟蹤兩人一樣。然後，也如同那天晚上，兩人的腳步停在一家愛情賓館前。

那是一間乍看之下像商務旅館的白牆歐風旅館。

男人看起來精神很好，該怎麼說呢，就是一副幹勁滿滿的樣子。真可惜，不像什麼身體不適的父親。他摟著廣香的肩膀，很自然地領著她走向旅館大門。

我不想像阿真那樣只是呆站在原地看著，下定決心後便邁出腳步。男人先走進了大門，廣香正在收傘。我趁著這個空檔衝上前去，拉住廣香就跑。

「快跑！」

我抓起廣香的手腕，大叫出聲，然後不由分說跑了起來。我把雨傘一扔，什麼都不管，只是用盡全力跑往外面的大馬路。廣香一開始時還尖叫著抵抗，途中發現誘拐犯是我時，悠悠說了一句「討厭啦，原來是阿真」，之後就乖乖跟著我走。

我們離開神祕地帶、走出後巷後，終於來到明亮的鬧區。我在那邊找到一間二十四小時營業的甜甜圈店，把廣香推了進去。

「人家可以吃椰子口味的嗎？」

「吃什麼都好，妳快點點餐！」

我拿著托盤急忙走向二樓，發現因為這個時間不上不下，店內只有三三兩兩的客人。我找了個不起眼的角落坐下後，終於鬆了一口氣。

「呼。」

我忍不住往桌子上一癱，呼吸還很急促，心臟也跳得很劇烈，慕斯固定不住的瀏海緊緊貼在額頭上。

「討厭啦，阿真你真像個笨蛋。」

開心笑個不停的廣香，雖然也是一身濕，但看起來就像海中的美人魚。不過，現在不是盯著她看的時候。

「這是怎麼回事？」

還沒冷靜下來的我，逼近廣香問道：

「那個老頭到底是誰？」

仔細想想，就算我不問她，也對答案心知肚明，只是我一直不願正視現實，不論她要說是爸爸或誰都好，我就是希望廣香可以否定那個答案。

廣香一邊整理頭髮，一邊微笑著說：
「是廣香的愛人喔。」
她用著稚氣的語氣說道，並且將手伸向椰子甜甜圈。
「他之前在路上問我要不要當他的愛人，於是我和他商量了錢的問題，之後就發展成那樣了。」
「錢……？」
我用桌子撐住發軟的身體，然後雙手抱頭。
「我不是說過了嗎……？」我彷彿可以聽見普拉普拉嘆著氣這麼說。

在那件深綠色外套底下，廣香穿著一件貼合她身體曲線的黑色針織連身裙，一條金項鍊掛在她敞開的胸前，腳上搭配了綁帶式黑色靴子。我這雙砸了兩萬八千圓的球鞋，在她身邊都顯得黯淡。今晚的廣香打扮得一身優雅奢華的風格。一想到這一身全是那個老頭貢獻的，我就想把她整身的行頭剝下來丟出窗外。
她的臉上甚至化了淡妝，眉毛也修剪過，那對看上去總是睡眼惺忪的眼瞼上頭刷了珍珠光澤的眼影，嘴唇塗著淺紅色口紅，看起來很豐滿，比平常更讓人感覺性感撩人。

她是用這張嘴、這雙眼睛、這副青澀的身軀，從那個大叔身上賺錢的嗎？這是在開玩笑吧？

「沒辦法，因為人家想要的東西全都很貴啊。」

在短時間內無法振作起來的我面前，廣香將椰子甜甜圈吃得一乾二淨。然後，比起藉口，她更像是要安慰我似地說道：

「漂亮的衣服啦，包包、戒指等等，廣香覺得很美的東西，全部都很貴。就算我把零用錢都存下來，一年以後也還是買不起。它們就是這麼貴，會讓人煩惱『怎麼會這麼貴』的那種貴。不過呢，這些東西，只要廣香和人做愛三次，就全都買得起了，嘿嘿。」

她一邊舔著沾在手上的椰子粉，一邊笑著。對這樣天真無邪的娼婦，我到底還能說什麼呢？

「怎麼了，阿真？你發什麼呆呀？」

我看著廣香。她一點都不懂他人的心情，只是逕自露出純真的笑容。

「雖然我不是很懂——」

我小聲地嘟囔。

「但妳難道不覺得那個很噁心嗎？」

「那個？」

「就是……和那個老頭做那種……」

我哪說得出「做愛」兩個字！

我光是想像就覺得噁心，但廣香還是爽朗地微笑著說：

「嗯……最一開始當然覺得很討厭，但是我已經習慣了，或者該說開始覺得舒服了。人家現在喜歡做愛，那個人也是個好人。我可以說是中了獎呢。」

「中獎？」

「這種對象也是有分好壞的。我聽朋友分享她們的情況，覺得人家的對象是屬於中獎的那種。他對我很大方，做愛的時候也很……」

「夠了！」

我沒讓廣香把話說完。

「不要再說了。」

我一點都不想聽。

為了讓自己的情緒冷靜下來，我喝了一口冷掉的可可亞。那味道甜得彷彿不屬於這個世界，有夠難喝。看來這個世界，就是充滿了中獎和銘謝惠顧，而阿真的初戀是屬於後者。可是事到如今，我也沒辦法討厭廣香。

「廣香，」我打起精神說道。「漂亮的衣服、戒指這些東西，妳就這麼想要嗎？」

「對，想要，或者不如說，人家也沒有其他想要的東西。」

「妳就那麼想要，想到寧願和那種大叔睡覺嗎？」

「對喔，就是這麼想要。」

「妳不能等到變成大人嗎？等到可以用更正當的方法賺錢的時候。」

「人家等不了！」

我怎麼可能等得了！廣香第一次發出這麼尖銳的聲音。

「那我問你，阿真。你那雙看起來很貴的球鞋，你可以等到變成大人以後才買嗎？」

她一語驚醒夢中人，讓我猛地往腳下一看。藍色球鞋上有著顯眼的黃綠色線條，超受歡迎的品牌LOGO在上頭閃閃發亮著。

「等你到了三十幾、四十幾歲的時候，還會想穿這種鞋子嗎？」

「呃……」

一點都不想穿。

「人家也是一樣啊。漂亮的衣服也好，包包、戒指，都是廣香現在想要的。我從沒想過『等變成大人以後再自己買』這種事。反正，人家的身體，變成老太婆以後也沒有價值了。等人家的身體失去價值後，再買那些漂亮的東西也沒有意義啦。到了適合穿圍裙、衛生衣的年紀時，人家我也會老老實實地穿圍裙和衛生衣的。」

她像在挑釁似地抬起臉，用一種毫不遲疑的口氣理直氣壯地說。

利用現在正有價值的身體，來得到對現在的自己正有價值的東西，那語氣彷彿她作夢也沒想過不應該這麼做。

「人家現在就想要隨時穿著漂亮的衣服，隨時都處在開心的狀態。比如我現在身上這一件，雖然是那個人送我的，但是很漂亮對吧。人家好喜歡黑色唷。只要穿著喜歡的衣服，人家就可以好幾個小時處於幸福的狀態，甚至覺得自己可以去愛全人類。」

不知為何，要我看著因為身穿黑色衣裳而顯得自信滿滿的廣香，讓我覺得很痛苦。確實，黑色襯得皮膚白皙的廣香很美。但是廣香，妳知道嗎，那個老頭買這件衣服給妳，不光是為了讓妳穿上它，也為了把它脫下來。

「阿真，你覺得難過嗎？」

廣香突然放低她的聲音。

「為什麼這麼問？」

「有時候會有人說，跟廣香說話，會讓他們感到難過。」

「喔。」

我很能理解他們的心情。

「聽到別人這樣說，人家也會難過。」

「我不難過喔，」我撒了謊。「我只是不甘心而已。」

「不甘心？」

「因為要是我是有錢人的話，現在就可以獨占廣香了。」

我到底趁亂在說什麼啊？才剛把話說出口，我的臉立刻熱了起來。這樣我不就和那個色老頭一樣了嗎！

沒想到，她的回答完全出乎我的意料。

「阿真，你想和人家做愛嗎？」

廣香一臉嚴肅地問。

「人家願意喔。」

「什麼？」

可以嗎？

「阿真的話，可以喔。」

「真……」

真的假的！

我才因為這句話而飛上天，就被廣香硬拉回地面。

「嗯，如果是阿真的話，收你兩萬圓就好了喔。」

我以為我聽錯了，接著就想詛咒那個懷抱著天真期待的自己。但就算我的興奮之情和被雨淋濕的瀏海一樣扁塌下來，性慾卻仍蠢蠢欲動。這一點讓我覺得苦澀。

「我想和廣香睡。」

那對柔軟可人的雙唇，那抹閃著光澤的桃紅，依然讓我眷戀，然後我這麼說：

「但我不會和妳睡。」

「為什麼？」

「因為我不想變成和那個老頭一樣。」

沉默一下後，廣香聳聳肩笑著說：「我知道了。」那是個一點都不像廣香、僵硬的微笑。

「那人家要走了。」

「去哪裡？」

「我要去找那個人。從剛才開始，我的手機就一直在震動。」

她將放在膝蓋上的手機拿起來給我看。

「妳竟然還要去見他！」

我沒忍住，大喊出聲。

廣香像是在安慰我一樣：

「阿真拉著人家的手逃跑時，人家覺得好好玩，像電視劇一樣，好開心。」

「既然這樣，妳就不要去找他啊。」

「但是，這樣的話，那個人很可憐啊。他給了廣香錢，而且性致滿滿的。」

「不是吧……」

「再說了，我得遵守合約才行。」

廣香將看起來價格不菲的名牌包掛回肩上，乾脆地站起身。「掰啦，阿真。」說完，她輕快地轉身離開。

「廣香！」

我心裡想著，我必須追上去。我必須快點趕過去、說一些帥氣的話，然後將她帶回來。快點、快點！

儘管我的心情十分焦急，兩腳卻一動也不動。就在我糾結的時候，廣香已經越走越遠。終於，廣香消失在我的視線中。一對和她錯身走進來的情侶，在我旁邊的座位坐下。男生很魁梧、女生很壯碩，是一對重量級情侶，兩人好像很餓，大口大口吃起甜甜圈。肉桂甜甜圈、巧克力奶油、油炸甜麵包圈、果醬甜甜圈、起司瑪芬，還有廣香喜歡的椰子甜甜圈……不行，來不及了，已經完全看不到廣香了。

就在我這樣想的瞬間，說來慚愧，我心裡的某個角落其實鬆了一口氣。

6

所謂倒楣的日子，就是指屋漏偏逢連夜雨。

我的頭痛在那之後更惡化了。我踩著搖晃的步伐走出甜甜圈店後，雨勢已經比剛才還大上四倍，而我的雨傘，在半路劫走廣香的時候被我扔掉了。

沒辦法，我將連帽外套的帽子戴上後拉緊，走進夜裡讓人發涼的城市。

大雨淋濕的柏油路，被暖色系的霓虹燈渲染得彷彿被灑上了紅酒一樣。

人群在紅酒的河流中游動。

情侶共撐著一把傘，格外引人注目。

在情色場所工作的男子，正在發著可疑的傳單。

尖銳高亢的拉客聲，雨聲、風聲，還有電車的聲音。

當人沒有力氣的時候，連醉漢的笑聲都會讓人覺得生氣。我的腳步自然而然朝著人煙稀少的方向前進。當我穿過小巷、走過天橋，來到距離車站有一段距離的地方時，前方出現了一個小公園。

一個只有鞦韆、溜滑梯和沙坑的荒涼公園。但我已經站不穩的身體沒有力氣再挑剔什麼，毫不猶豫走向長了鐵鏽的長椅上坐下。

才剛坐下，我的身體開始劇烈顫抖起來。在我放鬆下來那一瞬間，頭痛、惡寒和想吐的感覺一口氣席捲而來。我在傾盆大雨中，拚死撐著隨時會倒下的身體，開始思考自己到底在這種地方做什麼。只要我願意，現在已經在溫暖的被窩裡，和廣香兩人獨處……一想到自己明明有這種機會，就讓我想哭。然後，因為我沒這樣做，所以現在在溫暖的被窩裡和廣香兩人獨處的，是那個中年男子……光是想像這一幕，就讓我真的哭了出來。

「你不是說自己不像小林真那樣軟弱嗎？」

突然間，頭上的雨停了。我往上一看，不知道什麼時候，普拉普拉已經站在那裡。他的陽傘讓我的視野內變成白色一片。

「阿真只是尾隨兩人而已，而我多採取的行動，讓我受到更深的傷害。」

我失落地回話後，普拉普拉帶著笑意說道：

「你現在是後悔了？後悔沒有買下桑原廣香。」

「當然啊！我很後悔。拒絕的那個當下，我就知道自己會後悔了。」

「但你要是用錢和她睡了的話，之後會更後悔。」

「這我也知道。」

「很聰明嘛，少年郎。」

普拉普拉咧嘴對著我笑。

「你做得不錯，至少戰勝了誘惑。」

「謝謝。」

我也對他咧嘴一笑。

「不過，你真的很多管閒事。聽好，我沒想過要活得多聰明，也不想要戰勝什麼。你擺出這樣一副『我什麼都看在眼裡』的表情，但我不是想要被誰稱讚才這樣做的。」

這時，一陣惡寒又竄過我的後頸。我用兩手緊緊抱著身體，把自己縮成一團。

「問題是，我明明都拉著廣香的手逃跑了，結果卻哪裡都沒去成。我沒和廣香睡覺，最後也沒追上去，這些都不是因為我聰明，而是因為我是個膽小鬼而已。」

我勉強硬擠出沙啞的聲音，普拉普拉輕輕拍了我的背：

「你的聰明和膽小救了你自己。首先，你現在是十四歲，想拯救別人對你來說還太早。要讓往這個方向走的人改往另一個方向去，這種事可是連我們老闆都做不到的。」

「你也做不到嗎？現在立刻把廣香帶回她家。」

「抱歉，我是天使，不是超能力者。」

「喔？意思是說，超能力者比天使還強的意思囉？」

「我不是很清楚這種事，嗯啊誒……」

普拉普拉含糊地帶過去。

「總之呢，我的職稱是嚮導，雖然可以指引，但不包含接送服務。比方說，你現在發著高燒還迷了路，我可以告訴你回家的路徑，但得要你自己站起來、自己走回去。」

一聽到「高燒」兩個字，我的身體立刻有反應，感覺變得更痛苦了。我已經沒有半點力氣走回阿真家，而且就算還有，我也不能回去。我把媽媽一個人丟下來，她的哽咽聲，現在還留在我的耳裡。我不能回去。

「我可以問你一個問題嗎？」
我慢慢地抬起頭，看向普拉普拉。
「這個『再次挑戰』，可以中途放棄嗎？」
「才一個半月，你就要放棄了？」
普拉普拉嘆口氣，搖搖頭說道：
「你回想一下。最一開始你說要拒絕『再次挑戰』時，不是沒得到允許嗎？所以中途放棄也一樣。抽獎的力量是絕對的，沒得商量。」
「那，假設我一直這樣沒有幹勁，然後一直想不起前世犯下的過錯，難道我就要永遠當小林真了嗎？」
「我們還是有設一個期限，以一年為一個基準。」
「基準？」
「意思是會依照案例各有不同的處置。畢竟這個世界上，有悠哉的人也有積極的人嘛。」
「還真是隨心所欲啊。」
「因為，我們這個業界和人間一樣，都是由老闆在管理啊。」

「原來如此。」我也莫名地接受這個說法。「既然這樣，過了那個期限之後，我會變成什麼樣？」

普拉普拉一臉嚴肅地說：

「如果因為超過時限而挑戰失敗，你將永遠無法回到輪迴之中。也就是說，你再也沒有可能轉生。」

「那我的靈魂會怎樣嗎？」

「你的靈魂，會從小林真的身體脫離，然後消滅。」

「消滅。」

「對，咻地一聲。」

「咻地一聲。」

我想像了一下那個樣子：有如蘇打水氣泡那樣消失無蹤的渺小靈魂。

讓我覺得很煩的事、痛苦的事、束手無策的事，也全都會在那個瞬間咻地消失。

那是一個讓人心酸卻又心動的光景。

「但是，這樣的話，」我決定趁機問清楚我從之前就很在意的事。「我的靈魂離開以後，小林真會怎麼樣？」

普拉普拉輕快地說：

「在你的靈魂消失的同時，小林真的身體也會長眠不起了，這次會是真正的心臟停止。話說，本來那就是已經死掉的身體嘛。」

我抱著複雜的心情，來回打量阿真這副已經冷透了的身體。

還是老樣子，這是連借用身體的我都覺得悲慘的醜陋身軀。但就算是這樣，一想到這條命怎樣都活不久了，就讓我覺得阿真很可憐。

真的是沒半點好事發生在他身上啊。

他會直接這樣死掉……

廣香、媽媽、爸爸、惡劣的哥哥、長不高的身材、在學校的孤獨。我不知道這當中的哪一件事最讓阿真痛苦。大概這些事情全部糾纏在一起，讓他的每個日子越來越重，然後沉重的每一天日積月累，變得更加沉重，最終導致阿真連一步都走不下去了。

雨水滴落在我的額頭上，再流過臉頰、滑落到脖子。在這短短的瞬間，我頭一次為阿真祈禱了。

默禱結束後，我重新轉向普拉普拉說道：

「我的問題問完了。今天我已經不需要指引，總之我就是不要回家。可以的話，希望現在可以讓我一個人獨處，這樣我會比較開心。」

雨勢轉小了，我打算今天就在這裡露宿。

「這種日子，你還打算露宿這種地方？你認真？」

普拉普拉激烈反對，但我不理他。

「想往那個方向走的人，你沒辦法讓他往這邊走。剛剛你是這樣說的對吧？」

今晚的我，就是想要隨波逐流、自暴自棄。

最後，普拉普拉也放棄了，留下了我的雨傘和不祥的預言後就消失了。

「聽好了，你還太小看今天這一天了。所謂倒楣的日子，就是會徹底從頭衰到尾。你不想回家就算了，至少要遠離這個公園。」

但我的意識已經越來越模糊，也不覺得還會發生比現在更慘的情況，所以我不管普拉普拉的警告，往長椅上一倒，幾乎可以說是失去意識一樣直接睡著了。

所謂倒楣的日子，就是會徹底從頭衰到尾。我是在深夜時分，感覺我的頭像是被傘柄打到一樣痛得要命時，才終於完全理解這句話的意思。

雖然也是頭痛，可是它和稍早的鈍痛完全不一樣。應該說，兩種是完全不同的檔次。現在的劇痛像是要撕裂我的頭皮一樣。這種難以置信的疼痛，不是從腦殼裡面而是在外面炸開。怎麼會這樣？這麼強烈的痛楚是……？當我微微睜開雙眼，發現自己真的是被傘柄打到時，嚇到整個人醒過來。

沒有路燈的公園。

雨不知何時已經停了，取而代之灑在我身上的是一夥人的視線。

幾個黑影圍著長椅俯視我，其中一人把手伸進我的外套口袋……他們想拿我的錢包！

我反射性地扭動一下身體。就在這一瞬間，有人用力往我的側腹揍了一拳。

「嗚！」

好痛。我的錢包被拿走了。

我抱著肚子呻吟，然後不知道誰的厚實雙手猛地抓住我的胸口，開始用力搖，接著是啪啪兩聲，打了我兩個巴掌。我的臉頰一陣火熱，神智不清的腦袋裡竄過一陣電流。可惡，真是痛苦到爆的一天……

等我回過神時，已經被拖到地上了。我趴在泥濘的地上，一群人的腳步不斷落在我的背部、手和腳上。每被踢一下，我就痛得低喊出聲，凍僵的手指不停顫抖。最後，有個人騎到我的背上，讓我一陣反胃，下個瞬間發現我雙腳的腳踝被人用力抓住了。我感覺到腳尖被拉扯，然後雙腳突然變得很輕……怎麼回事？

「啊啊啊啊！」

當我意識到發生什麼事時，立刻放聲大叫。

「把我的球鞋還給我！」

我不知道為什麼自己這麼驚慌，也不曉得我怎麼還有力氣，但我在下一秒奮力站起身來，和那群黑影對峙。

「那是我的鞋子，還來！還給我！」

我使出這個嬌小身軀的全力來反擊。

回應我的只有嘲笑的聲音。我不過是胸口被輕推一下，就毫無抵抗地倒在地上，接著立刻被人猛力揍了一拳下巴。因為實在很大力，我伸手摸了摸下巴，發現手掌被溫暖的液體染紅了。

「我說了還我！」

血的味道在我嘴裡擴散開來。

儘管已經滿身是泥，我還是不停地站起來，衝上前去，但每次都是被嘲笑，然後再被推倒在地。還我、還我球鞋！把我的球鞋還來！還來！在我像狼嚎一樣喊著「還我！」的過程中，儘管很不爭氣，但我終究還是哭了出來。

那是我用阿真的存款買下的寶貝。有了這個，我就可以對阿真的外表多一點點自信。我已經盡力去做我能做的了啊。這世界上，明明就還有十萬、二十萬圓的球鞋存在，根本不需要搶我這雙兩萬八千圓的啊。

「少囉唆啦你！」

在我哭喊著的同時，傘柄再次打在我的腦門上。

眼前的世界扭曲起來，我也倒進了那片歪斜之中。

就在我失去意識之前，遠遠地聽到了一聲「喂！」。

「你們在做什麼，快住手！」

那是很耳熟的男聲。

「警察馬上就來了！」

遠處傳來的腳步聲正往這裡靠近，這邊的腳步聲則開始逃離。等那些圍繞我身邊的影子都消失後，一個人出現了。他搖著我的肩膀說道：

「喂！阿真，你還好嗎？」

喔對，這是阿滿的聲音……

「我的球鞋……」

看來我得救了。雖然我安心下來，卻還是不停低聲喊著：

「球鞋，我的球鞋、球鞋……」

我在意識混沌的狀態下不停重複說著，然後有什麼東西從我的喉頭湧上來。我已經沒有剩餘的力氣可以撐起身體，嘴巴貼著冰冷的泥地就這樣不停吐了起來。阿滿一邊嘴裡碎念著，一邊輕撫著我的背。

當我把胃裡的東西都吐光後，寒意瞬間衝了上來。這一次我真的失去了意識。

7

晃個不停的夜間列車。

車窗外是紛飛的大雪。

廣香的白皙肌膚。

——我做了一個我馬上就知道是惡夢的惡夢。

我和廣香兩人正一起搭乘夜間列車。看來我們兩人正在私奔，廣香一臉開心笑著說：「好像電視劇一樣喔。」我們親暱地依偎著彼此，但這份幸福立刻被夢境獨有的不講理輕易地奪走。

「人家，果然還是比較想和那個人一起。」

「為什麼？」

「因為阿真你現在打著赤腳啊。」

我吃驚地往腳下一看，真的看到了一雙赤腳。兩萬八千圓的球鞋不見了。我錯愕地愣在原地。

把廣香帶走的中年男子。

微寒的火車月台。

軌道上的積雪。

這時，場景突然一變，等我回過神時已經坐在空車回廠的夜班列車裡。明明除了我之外沒有任何乘客，車掌卻還是來查票。

「請出示你的車票。」

我把車票給他看後，車掌一臉疑惑地說：

「這是之前的小林真的車票。請出示現在的小林真的車票。」

「兩者不一樣嗎？」

「不一樣。就算其他人都沒發現，但是我知道不一樣。」

我一看，發現車掌是佐野唱子。

我慌張地起身，往車窗外看去，看到阿真的媽媽正在和佛朗明哥舞老師跳著佛朗明哥。

這是怎麼回事？

這是什麼世界啊？

我越加感到慌亂。我早就察覺這裡是夢境，可是不管我怎麼找，都找不到現實究竟在哪裡。我找不到可以逃離這個怪誕世界的出口。

就在這時，我聽到有人在唱演歌。

是有如低聲呢喃一般的男性歌聲。北國的淒涼演歌。是誰？怎麼會唱這種歌來搭配佛朗明哥舞。到底是誰……？

我睜開眼睛，眼前是正陶醉於自己歌聲的爸爸。

這不是夢境中的小林家，而是現實中的小林家。我正躺在阿真房間的床上，四下一片昏暗，爸爸坐在床緣看著我的側臉。他的目光一和我對上，就驚呼出聲，一臉不好意思地離開了房間。

——兒子還在生病，然後爸爸在他的枕邊唱演歌？

那一瞬間，我以為自己還在那個超現實的夢境當中。但沒多久後看到爸爸一手拿著藥走回來，我就知道這不是夢境。雖然我想問他為什麼要唱演歌，但我的喉嚨實在太痛了，發不出聲音。

不光是喉嚨而已。隨著我的意識逐漸清醒，全身都開始痛起來，而且覺得冷得要命。

後來我才知道，那一晚，我被阿滿叫來的警車送到隔壁城鎮的急診室。在包紮傷口後，因為我的頭部出血的關係，也接受了精密檢查，最後再由雙親接我回家。那之後，我便昏沉地睡了大約二十個小時，最終在爸爸的演歌聲中清醒過來。不過我的高燒還沒退，而且胃的狀況不好，喝下去的感冒藥全都立即吐了出來。

我被斷斷續續的頭痛與惡寒折磨著，接下來的五天內，幾乎只能臥床度日。發燒遲遲不退。即使到了第二天，我的胃還是無法接受感冒藥。雪上加霜的是，我身上的傷口開始化膿滲水，一陣陣隱隱作痛。被揍得慘兮兮的臉，也彷彿我是從一大群黃蜂中間走過一樣，整個腫了起來。

到了第三天，我終於能把藥喝下去了。可能是因為這樣，感冒的症狀有稍微好轉。雖然內心有點抗拒，但我也開始喝媽媽煮的粥。到頭來，一旦發生了什麼事，我還是只能給這個女人照顧。我感到很不甘心。我堅決不和媽媽對上眼，但她好像在贖罪一般，特別頻繁地來更換我額頭上的冰毛巾。

我也是在第三天才終於知道，那個露宿公園計畫有多麼的魯莽。

那一帶的治安本來就不好，還頻頻傳出國高中生小團體所引發的恐嚇和暴力事件。

「這種事，就算是你也應該聽說過吧？」

晚上，在樓梯處遇見阿滿時，他抓住我的胸口說道：

「你明知道這樣還待在那邊，是故意去給人揍嗎？你這人就這麼想死嗎？既然這樣，你就快點去死。只要你不在了，這個家就不會烏煙瘴氣的。但你要記住，下次不要再失手了。」

我心想，你也不需要說到這個地步吧，但我畢竟是因為阿滿而得救，所以也找不到可以回嘴的話。

那一晚，媽媽因為擔心過了許久都還沒回家的我，拜託阿滿一起去找人。阿滿以危險區域為中心到處尋找，要是那時我沒被阿滿發現，下場應該會更慘。

到了第四天，燒也差不多退了。儘管份量不多，但我也開始吃起一般食物。我臉上的腫脹也大致都消了，取而代之的是難看的瘀青。

那天中午，像是一直在等我的狀態好轉，兩名警察隨即來到家裡做筆錄。媽媽把那天的事情向警局報了案。我描述了我還記得的暴行，警察則將我說的內容詳細記錄了下來。不過我幾乎不記得犯人的樣子，對搜查應該幫不上什麼忙。

「中學生穿兩萬八千圓的球鞋啊。」

「真搞不懂呢。」

警察歪頭疑惑著，然後就離開了。

就是因為你們這種大叔不懂，所以這鞋子才有價值。但事過境遷後，我自己也搞不懂，為什麼那個晚上我會這麼執著於那雙球鞋。

到了第五天，我的體力差不多都恢復，也可以輕鬆站起身或是活動身體了。一旦可以行動後，雖然這樣說很不知足，但反而是躺在床上這件事讓我覺得最痛苦。

就在我徹底厭倦病人生活的時候，這天下午，第一次有人來探望我。

「阿真，你的朋友來探望你了喔。」

房門的另一側傳來媽媽的聲音。

同一時間，我聽到另一個聲音說「你好」，然後門就被打開來。

當我看到門後突然出現佐野唱子的臉，我打從心底抖了一下。

她是令人不悅指數百分百的我的天敵，而且我現在還穿著皺到不行的睡衣，瀏海也沒上慕斯，還好一陣子沒洗澡了，身上說不定會有味道。況且，我現在也沒有可以和唱子抗衡的力氣，完全處在一個極不利的狀態。

「好久不見，你還好嗎？」

就算她那樣沒神經地對我笑著，我也很難回她一笑。

我靠坐著床背，毫不隱藏我的不悅，對著唱子說：

「妳怎麼要來就來，至少先打個電話吧。」

唱子像是學到新知識一樣，眼睛瞪得大大的：

「對吼，打電話。」

「妳是文明人吧。」

「嗯，對不起。」

她這樣乖乖道歉，也讓我很困擾。

看著水手服外頭搭一件深藍色牛角扣外套、在房門口躊躇的唱子，我不得已只能指著書桌前的椅子說：

「妳坐吧。」

話才說出口，我就後悔了。唱子點點頭，鬆了口氣似地坐下後，又立刻恢復她平常的樣子。也就是，有如只有七天壽命的蟬一樣，她氣勢十足、像連珠炮一樣地說：

「我從澤田老師那邊聽說了。你在公園被襲擊？真過份耶！那些瘀青會痛嗎？看起來就很痛。很痛對吧，看起來超痛啊！」

「唉。」

「你的錢包也被搶走了對吧？那應該是西高的學生。這陣子很常發生這些事，你應該有報案吧？」

「唉。」

「一定要去報警喔。我爸爸曾經搞丟錢包，裡面有五萬圓。但是他去報案後，就找到了！在三個星期後，很厲害吧。」

「唉。」

「這種事也是有的，所以你不要放棄，要抱持希望到最後……」

「那五萬圓呢？」

「消失了。」

「……」

「……」
「妳回去吧。」
我一催她回去，唱子馬上說不行，然後突然扭捏地說：
「我話還沒說完。」
「什麼話？」
唱子反常地低頭不語。
令人窒息的沉默。讓人頭暈的暖氣。最後，唱子突然站起身，我心想她終於要回去了，才剛鬆了一口氣，結果她整理了一下裙擺，又坐了下來。
「你被襲擊的那個晚上，我朋友說在車站附近看到你。」
那是我頭一次正眼看著唱子的臉。
「在哪裡？」
「大馬路上的『甜甜圈女士』店裡。她說你和二年級的桑原同學在一起。」
「是……喔。」
我心裡一驚，隨即又心想「算了，隨它去吧」，便恢復了鎮定。
「所以呢？」

「什麼？」

「所以那有怎樣嗎？」

唱子從我身上移開了視線。

「我那個朋友說，桑原同學不是好人，小林同學會有危險。我們學校的男生，大家都給了桑原同學很多錢。很多人一沒了錢，就被桑原同學拋棄。」

「妳到底想說什麼啦！」

「可是！」

唱子和我同時喊了出來。

「可是，我很喜歡桑原同學。就算那些謠言是真的，我也沒辦法討厭她。我不是為了質問你昨晚的事才來找你的。」

我無力地往前一倒，額頭靠在棉被上。不行了，我沒有自信。我越是知道這些事，就越不了解廣香。我真的說得出口嗎？「就算這樣，我還是喜歡她。」我已經沒有自信了。

「妳啊，」我問唱子，像是要從她這裡得到救贖。「妳說妳喜歡廣香，那妳是喜歡她哪一點？」

「桑原同學很常來美術社對吧。」

唱子用柔和沉穩的語氣說：

「只要她一來，美術教室就會在一瞬間明亮起來。」

「只因為這樣？」

「我覺得她很有品味。桑原同學雖然會在教室裡走來走去，但她只願意看那些畫得很好的畫。就像只停在美麗花朵上的蝴蝶，她只會停在美麗的畫布前面，而她總是在小林同學的畫布前停留最久喔。」

唱子用和平常不一樣、像蜜一樣的聲音說道。

「小林同學。」

「幹嘛？」

「你喜歡桑原同學嗎？」

「是的話又怎樣？」

我冷冷地回她後，看到唱子的嘴角抽動了一下。

「我想了很多、很多……最後我是這樣想的——說不定這不是什麼困難的事，說不定事情其實非常單純。」

「什麼事？」

「小林同學不一樣了這件事。你看嘛，大家不是說戀愛中的人都會改變嗎？說不定你就是這樣。說不定，是對桑原同學的喜歡，改變了小林同學。這樣一來，如果真的是這樣，我決定不追究了。就算小林同學再也不會變回原本的小林同學，我也會果斷地放棄。我已經有這樣的覺悟，今天是為了確認這件事而來的。」

窗外照進來的夕陽，將唱子頭髮染成深紅色。

我的心情已經超越了煩躁，反而開始覺得唱子很可憐。她這麼認真地說著自己會錯意的事，就像被那個只有她自己看得見的『過去的小林真』的幽靈附身了一樣。

「我說啊。」

我緩緩地起身，坐到床緣上。

「既然妳這樣說，我倒想問問，我到底是哪裡變了？妳口中那個『原本的小林真』，到底是個怎樣的傢伙？」

「我知道的小林真，總是凝視著最深的地方。」

唱子像在做夢一樣，恍惚地笑著。

「就算是在吵雜的教室裡、滿是灰塵的操場上、像小孩那樣嬉鬧的男同學旁邊，小林同學總是安靜凝視著這世界最深的地方。那些其他人都看不到的東西，只映照在小林同學的瞳孔裡。只要看小林同學的畫布一眼，我就知道了。你不記得了嗎？小林真就是這樣的男孩子。和那些幼稚又沒水準的男生完全不一樣，他是透明又純粹的男生，將這個世界上所有悲慘的事，全都一個人承受下來，而且一直為了那份沉重而痛苦。」

唱子的視線已經完全進入四次元的境界。我彷彿看到她的身後有花朵飄落，甚至可以聽到從某處傳來的金絲雀叫聲。

「還真是充滿詩意，」我讚嘆地說。「根本就是童話世界啊。」

不知為什麼，我的側腹突然一陣癢，怒氣也一起湧上來。

「什麼意思？你在和我開玩笑嗎？」

「妳才是在開玩笑吧。妳嘴裡的那種中學生，根本不存在這個世界上。」

「……什麼意思？」

「就是字面上的意思。雖然對妳很抱歉，但小林真本來就是個普通男生，既不純粹也不透明，只是一般的中學生。當然，他也不存在什麼童話世界裡，而是在這裡，和妳一樣，生活在這個亂七八糟的世界。但是，包括妳在內，你們每個人都擅自論定他的各種事，不是極度美化他，就是說他怪胎，結果才會讓他變得進退兩難。事情就是這麼簡單。他其實只是個有點內向的普通男生，會因為無聊的事情煩惱，有女生親切地對待他，他就會高興得像要飛上天，然後喜歡上人家。他就是這麼愚蠢的普通男生。」

「你亂說。小林同學，你是在害羞吧，才會用事不關己的口氣來掩飾。」

我對著激動的唱子說：

「這樣吧，妳看看這個！」

我從床底下拿出讓人無法反駁的證據。

「什麼東西？」

「隱形增高靴，我之前用郵購買的。為了讓身高可以看起來再高一點，就算當成抓住救命稻草也要買來試試看。小林真，就是這麼沒用的人，是個會因為身高而一直抱頭苦惱的普通十四歲男生。如果這樣妳還不信，打開書桌最下面的抽屜看看。」

唱子慢慢地拉開抽屜，然後尖叫著往後退。

「這什麼？」

「看就知道啦，色情書刊。這是這年紀的男生，不管誰都會擁有的工具書。阿真也和其他人一樣有性慾，到了晚上也會做那方面的事，還有像這樣……」

我兩眼一亮，往唱子貼近。

「像這樣，只要和女生兩人獨處，我也會有邪念，會產生慾望。」

唱子的喉嚨顫動了一下。

「你胡說，小林同學才不會想那些事情！你只是在裝壞而已。你是故意講這些話來嚇我而已。」

「那要來試試看嗎？」

唱子幾乎要哭出來，卻還努力反駁我。看著這樣的她，我竟然真的興奮起來，把手搭到纖瘦的唱子肩上。

「欸，來試試看吧。」

「別這樣，小林同學，你醒醒啊！」

「我醒著啊，很清醒喔。」

「你的感冒會變嚴重啦。」

「那我把感冒傳給妳啊。」

和廣香相比，唱子的櫻色嘴唇小了一圈。我原本沒打算要這麼做的，卻趁勢將自己的嘴唇壓了上去。

「啊！」

唱子反抗起來，從椅子上跌了下去。

聽到那聲尖叫後，我恢復了理智。

「怎麼了？」

媽媽在最糟糕的時機從門口探了進來，唱子趁這個機會逃走了。她一下就跑出房間，腳步聲消失在樓下。

突然安靜下來的房內，只剩下我和用托盤端著紅茶的媽媽。

我眼神空洞地環顧一下房間，最後才看向媽媽。

「有蟑螂跑出來，真傷腦筋。」

我對著驚慌的媽媽編了一個不合時宜的藉口，然後鑽回床上。

我默默地祈禱床的下面就是海洋。

我希望就這樣子，一直一直往下沉。

「笨蛋。」

媽媽一離開，普拉普拉便出現了，往我的頭敲下去。

「你為什麼要破壞少女的夢想啊？」

我無話可說。

「你不能給我一點提示嗎？」我意志消沉地問。「我前世犯的過錯，該不會是強姦、情殺這一類男女情愛糾葛的事吧？」

「叭叭——」

普拉普拉用雙手做出一個大叉叉，隨後就消失了。

我想著佐野唱子，開始自問自答。

我是不是不該破壞唱子的美夢？

我不曉得。

我是不是該扮演唱子理想中的小林真？

我做不到。

不管再怎麼說，為什麼唱子硬要把阿真美化到這種程度呢？

戀愛是盲目的。
戀愛？唱子喜歡阿真嗎？那個完全沒被阿真放在眼裡的唱子？
不對，就算是這樣吧，唱子戀愛的對象，也是已經被她美化到極限的小林真。那是她無視現實情況的小林真，是她虛構出來、自己為是的戀愛。但無論如何，唱子遲早會明白的。那樣美麗的十四歲，不存在這個世界上。
但即使不美麗，即使悲慘可憐、寒酸骯髒，大家都還是努力地活著……
唱子離開後的昏暗房間裡，當我在悶頭煩惱的同時，其實在同一個屋簷底下，還有另一個人也同樣在悶頭苦惱著。和馬上就因為想得太累而睡著的我不同，那個人在徹底思考過後，竟然還打算將她心裡的想法寫下來。她準備好信紙，拿起原子筆開始寫了起來。
信的開頭是這樣的：
經過反覆思考，我決定用寫信的方式，將我的想法傳達給你。因為就算我想親口對你說明，你一定也不願意聽吧。

為什麼我會知道信的內容呢，因為那封信是寫給我的。

那天晚上，媽媽將比平時稍晚一點的晚餐送進來時，一臉凝重地將信交給我，還附加一段說明：「說不定，你其實不應該讀這封信。」。

「也許，做母親的不應該和兒子說這些事情。但事到如今，我應該也不用考慮所謂『母親失格』的問題了。要不要讀這封信，由阿真你自己決定。如果你不想讀，你想要丟掉、燒掉，都可以。」

「放到玻璃瓶裡、再丟到海裡也可以嗎？」

「你高興就好。」

我沒再說出更刻薄的話，是因為我從現在的她身上，感受到的不是以往那種惴惴不安，而是一種嚴肅的、下定決心的覺悟。

媽媽一走出房間，我就把信封貼到鼻子前。

上面有種味道。不尋常的味道。

是母親的，祕密的味道。

我忐忑地將信封打開，裡面是一封多達八張信紙的長信。

信的後續，是這樣寫的。

8

……但是，其實我應該要更早行動，應該想盡辦法將我的想法傳達給你，對吧？是我沒有勇氣，擔心會刺激到你，才會一直拖延到今天。

其實剛剛我不小心聽到了你和那個女生的對話。我端了茶要給你們，在房門外聽到你們的聲音。在家裡幾乎都不說話的你，竟然會這麼大聲對那個女生傾洩自己的想法。媽媽聽到後，整個人愣住了。很對不起，我偷聽了你們的對話。

我嚇一跳，不是因為阿真你開口說話的關係，而是因為你反覆說了好幾次，小林真是個普通男生這件事。你用了對同齡的女生來說稍嫌過度具體的手段，去表達你只是個普通的十四歲男孩而已。

那個女生應該很震驚吧，媽媽也很震驚。聽著阿真你的話，我開始覺得我根本一點都不了解你……說不定，我也一樣，想把阿真套進我擅自打造的想像裡，然後在無意識的情況下，束縛了阿真的手腳。

你從小就是很自我的孩子，擁有一個只屬於自己的完整世界。你很內向，雖然欠缺向外發展的力量，但相對的，你的內在世界總是豐富又滋潤。尤其是你真的很會畫畫，從幼稚園的時候開始，就經常受到老師誇獎。

隨著你的作品開始在縣市的兒童繪畫比賽中得獎，你成了鄰居們誇獎的對象。媽媽承認，我心裡因此萌生了一種『說不定這孩子和普通小孩不一樣』的想法。對你來說，這可能是沉重的壓力，但是對媽媽來說是巨大的喜悅。

又或者，我應該說是優越感才對。「這孩子就是很會畫畫的阿真嗎？」、「將來真是令人期待呢。」等等，只要鄰居來跟我說這些，就算我知道都是客套話，也足以讓我的嘴角上揚。我會在心中想著，沒錯，我們家的次男，可是和你們家的兒子不一樣。

因為，你是我人生中唯一特別的存在。

你可能對這些事一點都不感興趣，但我希望你能知道，我和你不同。我小時候真的是很平凡、毫無可取之處的孩子。我的父親是上班族，母親是家庭主婦，我在這個和平的家庭裡無憂無慮地長大，一直到義務教育結束為止都沒經歷過叛逆期。

我就這樣糊里糊塗地長大，隨便找了個工作，回過神來時自己已經結婚，成了兩個小孩的媽媽。

這人生簡直活脫脫就是『平凡』兩個字的寫照。但可能正是因為這樣，在我的內心深處，一直在追尋著某種特別的存在。我總是很羨慕那些在學校或是職場裡，很會運動或是有特殊才華的……特別的人。我總是心想，要是我也擁有什麼特別之處就好了，或是想著，不，其實我應該也有什麼特別之處才對。

擁有像你這樣有著繪畫才能的兒子，給了我一點點的自信。我開始覺得，既然作為兒子的你很特別，那麼身為媽媽的我一定也有什麼特別的地方才對。

你還記得，在你快上小學前，我去家裡附近學習水墨畫的事嗎？就是從那個時候開始，我開始認真尋找那個沒有實體、肉眼不可見的存在。我不只是個單純的主婦，也不只是個媽媽，我想要找到那個，連我自己也沒見過的，另外一個自己。

很可惜，我和你不同，沒有繪畫的才能，水墨畫的課也沒能持續下去。但最初跨出的那一步造成了回響，從那時候開始，香道、草裙舞、入門長歌、品酒師養成講座、咖啡占卜入門、似顏繪教室、初級佛像雕刻、超能力開發研討會、腳底按摩健康法、田中女士的好玩廚房，還有第一次演默劇、用阿拉伯語讀《一千零一夜》、用木通藤來編織花籃、江戶藝能「活惚舞」[2]……我接連挑戰了各式各樣的才藝教室。

你能明白嗎？這是我的挑戰史，同時也是我的挫折史。不管學什麼，我都學得很慢，總覺得自己比別人差勁，然後又立刻去找新的才藝教室。我一直在重複這個過程。

你爸爸說，開始學習才藝的媽媽看起來很有活力。光是這一點，他就覺得足夠了。然而，我可是很拚命在做的。我一邊擔心我會毫無所獲地就這樣老去，同時又要擺脫這樣的想法，相信下一次或再下一次，我一定會找到適合我的東西。我用抱著救命稻草的心情在尋尋覓覓。

儘管如此，我還是沒有找到任何東西，歲月也這樣無情地流逝。

相澤太太，以前在草裙舞教室認識的人，她在前年，也就是我滿三十九歲那一年，問我要不要一起去學佛朗明哥舞。七年來，我一直尋找、一直努力掙扎著，最

2 江戶時代發展出的庶民藝能舞蹈，源自大阪地區神社的御田植神事附帶的表演形式。舞蹈風格節奏輕快、動作滑稽，後來成為江戶落語、寄席演藝場常見的娛樂表演。

終我已經決定要放棄我自己。太遲了，我累了。我心想，到頭來我還是只能作為一個平凡的主婦，就這樣活著然後死去……

當時的我為了接受這個事實而深受失眠所苦。可是到了這個地步，反而讓我第一次可以毫無顧慮、只是為了讓自己開心，而去學習佛朗明哥舞。

我好開心。人生頭一遭，我在學習新東西時是這麼開心的。隨著明快的節奏舞動身體，讓我感覺一口氣將這七年來的委屈都發洩出去了。佛朗明哥安慰、鼓勵了對自己感到失望的我，給了我活下去的活力。它告訴我，當我在家裡覺得情緒低落的時候，只要走出家門，灼熱的太陽正閃耀地等待著我。

我想，直覺敏銳的你應該已經察覺了，我說的佛朗明哥，同時也是在指舞蹈老師。

我不是想狡辯。

為什麼我會去學佛朗明哥舞，和在那之後我與老師的關係，是兩回事。我作為母親，雖然不可能對你說明後者的狀況，但我也永遠不會忘記自己傷害了你的罪過，並且要永遠承擔這個過錯。不管基於什麼理由，我都不該做那樣的事，更不該讓你為了它而這麼痛苦。

雖然道歉不能解決事情，但我真的很抱歉。

我同樣覺得懊悔的，是在這七年間，在你的成長的最重要時期，我只顧著自己的事，沒多關注你作為一個普通少年所抱持的煩惱。

現在回頭審視自己這一整串才藝學習的歷程，我才深深感覺到，明明在我身邊就有我更應該去做的事情。

但同時，我也希望你多少能理解，那些生下來沒帶著半點才華的人的痛苦。我希望你能明白，擁有與生俱來的才能是一件多美好的事。我可能是帶著父母親的濾鏡在看你，但媽媽希望你對於自己的特別，可以再更驕傲一點。不光是繪畫而已，還有你內在的豐富性、敏銳的感受性，全都值得你驕傲。

因為，我這十四年來一直都很以你為傲。

你自殺未遂後，我立刻就和老師分手，也沒再去佛朗明哥舞教室。現在的我，作為一個平凡的主婦、母親，只想尋找和你一起生活下去的道路。

你可能覺得已經太遲了，希望我不要管你，也可能會把這封信揉爛後丟進垃圾桶。即使這樣，我也已經做好覺悟，希望你對著我能像你對那個女孩一樣敞開心房，不管是抱怨、生氣、憎恨，全部都可以，希望你能夠對我發洩出來。我是抱持著這樣的心願，提筆寫下這封信給你。

我會一直等著你對我敞開心。

最後我想要對你說：你的內在當中，不論是平凡的部分，還是特別的部分，我都全然接受，也打從心底愛著。

媽媽筆

真的是一封很長的信。

但是，長歸長，最重要的和佛朗明哥舞老師那部分，卻模糊帶過，這樣根本不能說是完全誠實的告解。我覺得她只是將對自己有利的藉口硬塞給我，而且雖然她寫了這麼多，我卻感覺不到她真的有在反省。

喂，阿真。這樣的內容，你可以接受嗎？

就算我低頭對著肚子問，阿真的身體也沒有回答。來不及了，事情的發展已經來到比媽媽以為的還更不可挽回的地步。已經太遲了……

我不甘心地緊緊咬住阿真的嘴唇。

表面的薄皮綻開，傳來阿真的血的味道。

阿真的手沒有將媽媽的信丟進垃圾桶裡，於是我將它收進抽屜的深處。

儘管如此，我心裡的煩躁還是沒有消解。

「所以說，妳是這個意思嗎？」

兩小時後，我一看到來房間收晚餐餐盤的媽媽，這句話突然就脫口而出。然而，我會脫口說出的話，通常都不是什麼好話。

「妳一直追求著某個特別的東西，結果卻是墮落成外遇的人妻——這種最最平凡的特別結局？」

媽媽閉上眼睛思考片刻，最後開口說：

「那個任務已經結束了，現在我在重新審視身為『母親』這個角色的職責。」

「母親的角色——還真是平凡得不能更平凡。」

「就算是平凡的日子裡，也會產生不平凡的喜悅或哀傷。這兩種滋味，你都讓媽媽嘗到了。當死去的阿真在醫院裡復活時，我真的真的很開心，開心到不管我怎麼感謝醫生和護士都覺得不夠。我也打從心底感謝爸爸，一直支撐著陷入混亂狀態中的我。」

對著淚水盈眶的媽媽，我潑冷水說：

「喔？感謝那個自私男嗎？」

「自私男？」

「不要裝傻了。妳不就是因為受不了那傢伙的偽善，所以才搞外遇嗎？他是個內心陰險、只做表面工夫的偽善者。妳不就是因為受不了這種人，才選擇了和他完全相反的拉丁系男人？」

「等等，你在說什麼？」

媽媽一臉摸不著頭緒的樣子。

「你爸爸他既不自私也不偽善，而是有時候甚至會讓人擔心的濫好人啊。」

不管媽媽怎麼著急想反駁，我也沒有要接收的意思。

「夠了。反正妳所謂的誠實告解，就只有這種程度而已。」

我抬起下巴，指著房門。

「妳可以出去了嗎？」

「等等，阿真，這是誤會。你讓我解釋。」

「我頭很痛了。」

「但是……」

「我只要和妳說話，就會發燒啦。」

我都講到這個地步了，媽媽還是不離開，像是仍眷戀世間的亡靈一樣站在那裡。直到我背對她鑽進棉被裡，才終於聽到她的腳步聲走遠、消失。

如此漫長的一天終於落幕。

這個世界，讓人好疲憊。

9

下個星期一，我又開始去上學。雖然我的感冒已經好了，臉上卻還留有瘀青，加上那雙新鞋被搶走了，讓我只能穿著阿真那雙很土的球鞋去上學。這份鬱悶的心情，就和兩個多月前，普拉普拉第一次帶我到學校時很相似。

令人意外的是，同學的反應有點不太一樣。我第一次來學校時，根本沒人想要靠近我，但這次有好幾個人對我說「好久不見」或「已經沒事了嗎？」雖然直到現在，還是有人用像在看懷孕的外星人那種視線看我，但環顧教室一圈，那種好奇的目光似乎正在減少。最大的原因，我想大概是因為大家已經失去對我的興趣了。

「總覺得，你變得比較好溝通了。」

次要的原因，是早乙女告訴我的。

「以前的時候，怎麼說呢，覺得你更拘謹一點，但現在感覺你比較自在。」

因為我不是真正的小林真，而是期間限定的小林真啊，所以我才能這樣一派輕鬆的樣子。當然，這種事不能對早乙女說。

早乙女就是之前問我球鞋多少錢的同學，也是在三年A班裡，最放得開來和我搭話的人（唱子例外）。雖然他把那頭稍長的鬈毛壓得扁扁的往後梳，看起來真的滿矬的，不過光是他給人溫柔印象的姓氏，讓我以前就覺得他好像值得關注。

「聽說你的球鞋被搶走了？」

這一天，早乙女也特地來我的座位問我。

「嗯，超慘的，我很喜歡那雙球鞋耶。」

「也是啦，那球鞋這麼貴，那幫人真的很過分。我啊，最討厭那種拉幫結夥的小團體了。」

「就是啊，我也很討厭。」

「有種就不要成群結伴，試試看一個人單挑。」

「沒錯！不過，我覺得就算他們只來一個人，我還是會輸吧。」

「……」

「……」

「你知道嗎？車站前面有一間鞋店，店名叫『抱歉鞋店』。」

一陣尷尬的沉默之後，早乙女兩眼閃閃發亮地問我，那口氣彷彿是要告訴我藏寶地點一樣。

「抱歉鞋店？沒聽過耶。」

「那可是隱藏名店喔。外面要賣八千圓的鞋子，他們只賣兩千圓。」

「喔！」

確實很便宜。如果是這個價錢，就算阿真的儲蓄已經被我花完，我也還買得起。

「要去看看嗎？」

「好啊。」

於是隔天放學後，我們一起搭上巴士，前往那間鞋店。

這間鞋店位於偏離大馬路的窄巷裡，雖然空間不大，但是品項非常豐富，裡頭擠滿了下課後的高中生和大學生。

因為早乙女說「進這家店的時候，記得嘴裡要一邊說『在下打擾了』[3]」，所

3 ごめんそうろう（御免候）是武士時代／江戶時代的古語，現在仍會在歷史劇或搞笑節目、漫才段子裡聽到，帶有歷史感與搞笑氣氛。

以我傻傻照著他的話做，結果把店裡所有人都逗笑了。

鞋子的價錢和其他店相比，真的便宜很多。猶豫了許久後，我買了一雙白底綠條紋、售價兩千一百八十圓的球鞋。它的原價是五千六百圓，和之前兩萬八千圓那一雙相比的確差了一截，但是早乙女說：「從五公尺外看起來，它和限量版沒有兩樣。」更重要的是，這雙球鞋和其他的相比，鞋底高了一公分。

「你因為這種理由決定要這雙？才一公分而已耶。」

高個子的店員為此嘲笑我，但早乙女沒有笑。對我來說，這是珍貴的一公分。

回程的路上，我為了向早乙女道謝，請他吃便利商店的炸雞，早乙女也回請我肉包。我們吃飽後，才心滿意足地回家。從那天起，我們一下子變得很親近。

「早乙女，你的頭髮最好用慕斯分一下髮線比較好。」

我給了他建議。

「其實我一直都想和你說，你那片瀏海，未免用太多慕斯了吧？」

早乙女也回敬我一個建議。我們之間不需要客氣。

但就算我們倆這麼在意髮型，放眼全班，兩人肯定都是屬於「不帥」那一邊。

儘管如此，我已經不再覺得自己悲慘了。

所謂的悲慘，是一個人度過午休、換教室時也是自己一個人走。

每次轉過身，都可以看到身邊有個人——不論多少次，它都讓我開心到感覺就要落淚。

還有一件更令我開心的事，就是早乙女的成績和我半斤八兩。就像阿真到現在還去美術社，早乙女也是直到暑假前，每天都還參加桌球社活動，而且沒去補習班。聽說他的父母對他說：讀私立很浪費，去考公立高中吧。他們家不是沒錢，而且覺得不值得。這一點和阿真的爸媽比起來，感覺早乙女家比較有餘裕一些。但是從父母都期望我們考上公立高中這件事來看，我們兩個承受的壓力是一樣的。

也因為這樣，我們自然而然地開始一起讀書。兩個人一起，在放學後繼續留在圖書館，或是去早乙女家念書。在這個時間點，我終於開始過起了考生的生活。

距離公立高中入學考試還有三個多月。

我知道現在才開始掙扎已經來不及。太遲了，大概吧。但是對我來說，或者該說就小林真的立場來說，已經沒有遲不遲的問題了。因為從根本上來看，一切的一切早就到了無可挽回的地步。

仔細一想，其實不只是阿真，這世上還有太多事都已經太遲了。

無法挽回球鞋。
無法挽回母親的外遇。
無法挽回廣香的身體。
無法挽回唱子的美夢。
還有，無法挽回我的前世——
「我真想早個五千年出生。」
有一天在念歷史的時候，早乙女小聲地說：
「用石頭做工具，和大家一起建造房子，自己打獵到的獵物趁牠的心臟還熱的時候吃掉。我啊，好想活在那種時代，幹出一番大事業喔。」
我很能明白他的這種心情。
像這樣，在我的學校生活變得明亮的同時，「寄宿家庭」的生活卻依然是晦暗的每一天。我和媽媽的關係，沒有因為那封信而改變，爸爸也依舊都在加班，存在感很低。比較麻煩的是，阿滿似乎是開始覺得，比起無視我，對我冷嘲熱諷可以讓他更有人生的動力。
「聽說你終於開始讀書了？」

在感冒痊癒兩星期後那天晚上，阿滿一臉嘲諷地站在我的房間外。

「你別擅自進來啦。」

那個當下，我誤以為是普拉普拉來了而轉過身，結果一看到阿滿那張討人厭的笑臉，我馬上轉了回去。

「喔喔，真的在念書耶。」

阿滿一點都沒把我的反對放在心上，繼續說：

「不得了。該怎麼說呢，真是難得一見的情景。我可以拍張照片嗎？」

「隨便你。」

「騙你的啦，笨蛋。我才不要你的照片咧。不說這種無關緊要的事了。重點是你到底行不行啊？聽說你的入學申請很危險？事到如今，再掙扎也沒用吧。」

「九成九沒用吧。」

對於死纏爛打的阿滿，我斬釘截鐵地回答他。

「但問題不在這裡。」

「那是在哪裡？」

「和你沒關係。」

「你這人還是一樣自閉耶，而且你從以前就很不知變通，就像一旦跑起來就不知道要煞車的野豬一樣。聽說你現在每天晚上到了三、四點都還亮著燈？」

雖然這是事實，但我沒有回答，因為我正在想著完全不相干的事。

好一陣子沒見到普拉普拉了。

「反正，我是無所謂啦，只是媽媽很擔心你爆衝的個性。她好像以為，因為他們要你去考公立高中，結果你被逼到發瘋了。你這個笨蛋，每次只要開始做你不習慣的事，就會不知道拿捏分寸，搞得太極端。你也幫幫忙，適可而止啦。不要再用你那副難看的臉色，讓我們家的氣氛更沉重。」

我不理會他，繼續翻著我的單字本。阿滿又補充一句：

「還有，你也對媽媽稍微溫柔一點吧。最近你老是針對她，讓媽媽很受傷。」

「我沒辦法對她溫柔。」

「你說什麼？」

「但是我不會給她添麻煩。如果沒考上公立高中，我也不會去念私立，而是會去重考。」

「你是笨蛋嗎？這個時代，哪有人在重考高中。」

確實很愚蠢沒錯，但我是認真的。

「沒錯，反正我就是個時代錯誤的靈魂。」

「什麼？」

「我的意思是說，本來我就不適合二十一世紀。」

「蛤？那你適合什麼時代？」

「繩文時代[4]。」

「這麼古早以前？」

阿滿噗哧笑了出來。

「繩文時代的靈魂，才不會因為兩萬八千圓的球鞋被偷就哭咧，笨蛋。」

「囉……囉唆啦！這和繩文時代的人因為埴輪[5]被偷而哭是一樣的啦，而且還是上面刻著流行圖案、很稀有的埴輪。」

「埴輪是大和時代的產物，繩文時代當時還沒有。你這傢伙，果然還是去投胎

4　日本的舊石器時代末期到新石器時代。

5　日本大和時代（約西元三世紀左右）特有的陶器。

轉世比較快。」

「你先去死啦。」

阿滿輕鬆閃過我往他丟去的單字本，大笑著離開了。之後，他還雞婆地將我的重考生發言告訴了爸媽。

隔天早上，媽媽立刻哭著說：

「拜託你，阿真，忘了之前我們說過的話。錢的事情我們會有辦法解決，你不要擔心，就用單願申請私立學校就好。」

我沒有答應。他們這樣一直改變要求，我也很困擾。再說，我也有我自己的考量。

我的想法是這樣的。

普拉普拉提過，我的「寄宿」有個一年的期限，而現階段已經過了將近三個月，高中入學考則是在四個月後。這樣算起來，不管我考上哪一種高中，都只會讀五個月而已。公立高中就算了，花那麼貴的學費去上私立高中實在太愚蠢了。

這理由非常有條有理、有憑有據，讓我困擾的是，這是沒辦法和我以外的人說明的理由。就算我說：「因為我的壽命只剩下九個月……」一定也沒人會相信。既然這樣，我只剩下默默繼續努力、想辦法考進公立高中這條路了。

事實上，我確實也是默默地持續努力讀書。

讀書單純只是很無聊而已，和跑馬拉松或是踢足球比起來，一點都不痛苦。就算因為長期睡眠不足，導致身體覺得吃不消，但只要想到在公園被襲擊的那一晚，這也沒什麼大不了的。

唯一讓我覺得難熬的，是自從我開始用功後，就沒有時間去做我最喜歡的畫畫了。

不過，這不能全都怪罪到念書上。我不再出現在美術社，也是因為想避開廣香和唱子。

我一直很在意廣香的情況，也不是不想見她，只是不曉得該用什麼臉見她。一想到我可能會再被她的一舉一動要得團團轉，就覺得很麻煩。而且最近就算在學校看到廣香，我也不像之前那樣動搖和心動了。如果一切就這麼靜靜地走向結束的話，我覺得這樣也好。

另一方面，雖然每天都會和同班的唱子碰到面，但也是自從那一天起，我和她就保持著尷尬的關係。一直以來很煩人的唱子，不再接近我（這也是理所當然的），一旦和我對上眼，她會立刻轉過頭去。果然，唱子喜歡的是被她美化過頭的虛擬小林真吧。對我來說，破壞了她的理想，讓我多少感到有點內疚，所以也盡量不和她打照面。

就這樣，我擱置了那幅藍色的畫，遠離油畫的世界，將心思轉移到考試念書的世界。

只不過這種生活，似乎是比我所知的還要索然無味。

被國文和數學追著跑的無趣日子，使我的心情一點一點轉變成黑白、空虛的狀態。

「這星期天，爸爸可以久違地偷閒一下，想去河邊釣魚。怎麼樣，阿真要不要一起來？如果你對釣魚沒興趣，也可以在旁邊寫生就好。」

應該也是這無色無味的日子害的，讓我立刻就對「寫生」兩個字產生反應，導致我在進入十二月後的某天早上，沒能及時拒絕爸爸的邀約。

「那裡是爸爸的私房景點，有一條很美麗的清澈小溪喔。空氣很清新，景色也很美，你一定可以畫出很棒的畫。」

爸爸巧妙引誘著從以前就一直很想嘗試風景畫的我。

「但我是考生耶。」

儘管如此，我還是固執地不肯答應。

「哎呀，偶爾也要轉換一下心情嘛。不管念書還是工作，轉換一下氣氛之後，效率也會提升很多喔。好啦，一起去一次。開車的話，不用花很久時間，我們也可以順便去兜個風。冬天的清溪特別清晰透明，很讚的喔。好，我們就決定星期天早上出發！」

像這樣，在我還沒給出明確回覆之前，這件事已經變成既定事項。

總覺得自己中計了。真的是不能鬆懈大意。我帶著鬱悶的心情走出家門，出發去學校。

回家的路上，我花光所剩不多的零用錢，買了素描本。

10

十二月六日，星期天，早上六點半。

我將透著曙光的窗簾拉開，看到藍得像一片畫布的天空。那是還沒畫上任何東西、只有打底的藍色。然後，在遠方的社區上空，有著隱約可見、像是用極細的畫筆在上面畫過後留下的雲朵。

今天是大晴天。我心情複雜地吐出一口帶著白煙的氣。這樣一來，因為下雨而取消計畫的可能性消失了。一部分的我，想到爸爸一臉開心的樣子就不爽，但另一部分的我，其實也帶著期待的心情，像現在這樣一早就起床準備。

距離出發時間七點半，還有很充分的時間。一早就準備好的我，回到房間後，一下開窗簾一下關窗簾，或是把新買的素描簿打開又闔上，莫名焦躁，靜不下來。

最後我在床緣坐下，盯著天花板看。

「我說啊，普拉普拉。」

我小聲地開口，但沒有人回答我。

「我有點事想商量。」

沒有回覆。

「我今天的瀏海有型嗎？」

不管我怎麼問，普拉普拉就是不現身。仔細一算，我已經超過三個星期沒見過普拉普拉了。

欸，普拉普拉，你是翹班跑去哪裡鬼混了？

還是說，你的嚮導工作已經結束了？

最近，反而是早乙女代替普拉普拉，引導我去了鞋店。像是今天，也是爸爸要引導我去某個地方。我隱約察覺到，有什麼東西正在慢慢改變。

正因為這樣，我其實有點害怕。

到底在人間的這些人，要把我帶到哪裡去？

爸爸駕駛著深藍色的豐田CALDINA，開上一線道的市道，速度飛快遠離了市區，接著開上兩線道的國道、三線道的高速公路，就這樣遠離了我們居住的縣市，最後載著我開進彎道延綿的山路。

「開車的話，不用花很久時間」根本就是謊話，最後我們大概花了快三個小時的時間。途中我完全沒開口，靠著副駕駛座的窗戶裝睡，結果不知不覺真的睡著。

等我醒來時，發現車子正開在山間的一個小村子裡。山裡有農田，農田之間散落著人家。我們像是不想打擾這悠閒的風光，安靜地行駛在路上。這裡是非常靜謐的村莊。雖然偶爾可以看見溫泉或是卡拉ＯＫ的招牌，卻完全看不到實際的建築物在哪裡。到最終，連招牌也看不到了，周遭再度變回寂寥的景象。就在這時候，爸爸將車子停在沙石路尾端的路肩上。

「嗯，就這裡吧。」

我揉揉眼睛確認四周。沙石路的周圍被茂密的森林包圍住，完全感覺不到河流的氣息。

我覺得困惑，於是打開副駕駛座的車門。

那一瞬間，我感覺就像被人用噴霧器噴灑了冰水一樣，身體因為這難以言喻的寒冷而一僵。

「你要穿厚一點喔。」

爸爸從行李箱拿出釣具，說出有點遲來的提醒。可能他也發現已經來不及了，於是將圍在自己脖子上的圍巾拿下來給我。

當然我沒有接過來。手工織的圍巾最土了，而且這種冷也還不到不能忍受的程度。氣溫的確是很低，但那片湛藍天空的透明感，讓這種冷變得很舒服。

「那我們出發吧。」

爸爸放棄把圍巾給我，重新圍到自己的脖子上，提起腳就走進樹林中。

我也一手拿著寫生道具，跟在他的後面。

我們一邊撥開擋在路中間的樹枝，一邊從徐緩的坡道往下走。樹葉上還殘留著朝露，抬頭看去，從樹葉間灑落的陽光也十分耀眼。

無聲流過乾枯草原上的清澈小溪──

朝陽灑落在河面上，泛著淡淡的青綠色，讓我有一瞬間以為河水變混濁了，為此覺得失望。結果當我定睛一看，發現那是在水中搖擺著的水草。河水本身清澈得可以看見河底的沙子。這條透明溪流的對岸，也是一大片和這一側相同的樹林。河流的上游處，聳立著覆蓋白雪的山影。

我承認這真的是很美的風景。雖然不是每一個景色都能成畫，但只要在角度、構圖上下功夫，還是可以畫出不同景緻的畫。這裡的確是非常適合寫生的地方，只不過……

「這種地方釣得到什麼魚嗎？」

爸爸早早就抓著釣竿去到岸邊，我冷眼看著他。河裡連一條魚的影子都看不見。再說，就釣魚而言，這邊的水草太多了。

「釣不釣得到是其次，享受河邊的悠閒景色，才是爸爸我的釣魚風格，跟魚沒有關係。哈哈。」

爸爸瞇著眼笑到眼角都下垂了，看起來是真的不在乎魚，因為他明明是來釣魚的，卻沒有帶水桶和冰桶來。他只是這樣坐在河邊，也沒裝魚餌就把釣鉤垂進水裡發呆。若要說哪裡奇怪的話，就是他不時會一個人笑了起來。

真是個怪人。我不理他，開始找寫生的地點。我找到一個視野開闊又有陽光灑落的地方、鋪好塑膠墊後，馬上坐到上頭打開新買的素描簿。才用鉛筆在紙上畫不到五分鐘，我就感覺到有股寒氣一點一點地從指尖傳到手臂、從腳趾爬到大腿、從臀部沁到腹部。在寒冬下進行野外寫生，實在太辛苦了。但是就算這樣，寫生本身還是很有趣，讓我不知不覺就沉浸在其中。

這條河的清澈度。

這些樹木的肅穆感。

風吹拂過肌膚的感觸。

雖然我無法將這些一一呈現在畫布上，但有時當我畫著樹葉時，會陷入一種自己實際上正摸著葉子的錯覺。畫河川的流水時，我也感覺自己像是將手指泡進那冰冷的水中。

就像樹葉從我身上撫去了一些東西，河水也帶走了一些什麼，我打好草稿後，開始用水彩上色，過程中可以感覺我的身體漸漸地變輕鬆，彷彿壓在我肩上的多餘東西被拿掉了一樣。說不定，我不習慣的讀書這件事，比我以為的還要讓我更疲累。

作畫的進展很順利，爸爸則是每隔幾分鐘就過來偷看一下我的畫，確認了「你真的不要圍巾嗎？」之後，再回到他的位置上。

還沒到中午，我就完成了第一張畫，爸爸則是一條魚也沒釣到。

「阿真，你只畫風景畫嗎？」

中午休息時，我們將媽媽準備好的便當放到我的塑膠墊上，爸爸一本正經地向我提問。

「你不畫人物畫嗎？」

我一邊用保溫瓶裡的熱咖啡取暖，一邊搖頭：

「不畫。」

「為什麼？」

「因為我討厭人類。」

在我斬釘截鐵回答他的瞬間，腦海中閃過早乙女的臉，然後小聲地加上一句：

「基本上。」

「嗯，這樣啊。」

爸爸理解似地點著頭，伸手拿飯糰，只用了四口就把飯糰吃完。爸爸接著又吃了玉子燒、小香腸和迷你漢堡排，而且都是一口吃掉。那之後，爸爸終於又看向我：

「爸爸我基本上也討厭人類喔。」

他臉上露出孩子氣的笑。

「有段時間，真的非常討厭。」

「是喔。」

我不在乎地回答，吞下一塊炸雞。鹹香的醬油味充斥我的口中。我一邊享受著這香味，拿起了飯糰。爸爸則是拿起醃蘿蔔，一邊咬一邊對我說：

「你知道為什麼爸爸今天要約你來釣魚嗎？」

爸爸咬了一口醃蘿蔔。

「知道。」

我咬了一口飯糰。

「咦？你知道啊？」

爸爸再咬了口醃蘿蔔。

「就說我知道啊。」

我再咬了口飯糰。

「你假裝要釣魚，其實只是為了製造和我說話的機會對吧。」

爸爸的嘴停下咬蘿蔔的動作。

「你竟然知道。」

「你都被我看透啦。」

父子釣魚時間，等於談話時間。反正他就是盤算著要上演一齣家庭連續劇吧。

「既然你知道，那就好說了。」爸爸感覺鬆了一口氣，開口繼續說：

「就像你說的，爸爸是因為想和阿真說話，才提議來這裡。一直以來，我都想著要等阿真你自己開口，只是我最近開始想，爸爸我會不會其實不是在等待，而是在逃避？再加上，我看媽媽最近很沒有精神，我也很難受。」

「……」

「爸爸不知道，你們兩個之間發生了什麼事，但是只要我們生活在同一個屋簷下，我當然會察覺老婆和兒子之間的摩擦。」

「就像父母之間看起來關係融洽，其實是假面夫妻，這樣做兒子的也會發現，對吧。」

我一時起了壞心眼，故意對爸爸這麼說。

「什麼？這是什麼意思？」

「沒什麼。」

「你就說吧，把你的心情全部坦白說出來給爸爸知道。」

「那我就說了。」我說。「你不覺得你在選結婚對象時失敗了嗎？」

「結婚對象？」

「我只是在想你會不會後悔了。」

「怎麼可能！」爸爸繼續說：

「我從來沒後悔過和媽媽結婚，一次都沒有。不只如此，我甚至覺得媽媽是不可多得的對象。」

那是因為你不曉得媽媽的真面目。爸爸拉高了聲調：

「媽媽她總是一副很有朝氣的樣子。她和不愛出門也沒什麼興趣嗜好的我不同，很有所謂的『挑戰者精神』。阿真你也記得吧，比如說長歌、江戶藝活惚舞等等，她總是不停地挑戰新事物，爸爸很佩服她這種積極的態度，不記得自己有多少次因為媽媽的活力而受到鼓舞。」

「嗯……」

我怔怔地望著天空。

挑戰者精神。積極的態度。活力。

不管哪個字眼，都和媽媽那封承載著滿滿失意之情的信相去甚遠，但爸爸看起來是真心這樣認為。

「除了才藝學習方面，媽媽她做兼職工作時也充滿了活力，臉上總是掛著笑容，就像在學習才藝時一樣，看起來很享受的樣子。多虧她這樣，在爸爸我失業那一段期間，真的是因為媽媽而得救。」

兼職工作？失業期間？

怎麼又出現了這麼多新的字眼？

喂喂喂，現在是在講哪一齣？

「我不光是指金錢方面，連精神層面也一樣。爸爸那時候真的很沮喪，要不是媽媽的開朗，我可能早就撐不下去了。」

爸爸無視滿臉疑惑的我，話題開始轉往讓我更加意外的方向。

「當時的事，也就是爸爸最失意的那段期間，我從來沒有和你或阿滿提起過對吧。因為爸爸不想示弱，也不想讓你們擔心，所以直到現在都沒說過。但是從結果來看，我可能只是不想在你們面前丟臉而已。爸爸在阿真自殺時，真的非常非常後悔，心想：要是我別那麼愛面子、能告訴你更多事情就好了。不管那些事情對你有沒有用處，我都應該試著和你說說看。現在你還願意聽我說嗎？」

等我回過神來，已經完全被爸爸的步調牽著走了。

沒等無精打采的我回答他，爸爸已經開始認真說了起來。

「阿真還是小學生的時候，爸爸不是突然離開之前那家零食公司嗎？爸爸就是從那裡開始走霉運。那時候，爸爸和你們說，我是為了負起工作上出錯的責任，所以才辭職的，其實那有一半是謊言。我是有疏失沒錯，但其實我是揹了上司的黑鍋才走的，雖然這也是社會上很常見的事。」

爸爸臉上露出少見的自嘲笑容。

「因為上司的失誤，我們公司和大型連鎖店的合約泡湯了。等爸爸發現的時候，已經揹上了所有責任。而公司也因為連年赤字，正在找可以裁員的對象吧。不過，比起被開除這件事，被我信任的上司背叛，更讓爸爸覺得受傷。」

「……是因為這樣，你才討厭人類嗎？」

「與其說是討厭，比較像是害怕吧。當時公司內的每個人都曉得真正的情況，卻沒有一個人把這件事說出來。」

爸爸說著他活生生的體驗。他的頭上方，柏樹的枝葉被風吹動搖晃，有時還聽得到鳥叫聲。在樹頂的地方，可以看到中午的太陽灑落著閃亮的金粉。

「更慘的是，那時正好是不景氣的時候，所以爸爸一直找不到下一個工作。

但我還是很想繼續做和前一個公司一樣的企畫工作，想要發想新商品、再將商品製造出來……我真的很喜歡這個過程。當然，那時候我可以這麼任性地挑選工作，也是多虧了媽媽。正因為有她的支持，爸爸才能不用焦急地找工作。在失業將近半年後，我終於入職現在這間公司的企畫部，當時我真的好高興。我心想，這樣就可以讓媽媽繼續去上她喜歡的才藝課了。」

「沒想到。」爸爸的聲音瞬間拉高，然後立刻又低沉地說：

「沒想到，原來爸爸的霉運還沒結束。這一次，我被捲進新公司大麻煩裡。」

麻煩——就是那個黑心事業。

「爸爸真的是這一路都很不走運。」

爸爸從被害者的角度發出自怨自艾，本來只是隨便聽聽的我，突然驚覺自己不能被他騙了。因為爸爸可是多虧了這個麻煩，才從小職員晉升到部長職位，而且他實際上還真的開心到在那邊又滾又跳，當同一間公司的社長和營運高層全都在那一夜被逮捕了。

「你明明就是員工，難道真的不知道公司黑心事業的事嗎？」我小心觀察著爸爸。「其實你也是共犯吧？」

爸爸露出微妙的神情。

「進公司那時候是真的不知道，或者該說，當時社長還很正經。他是個嘴上總是掛著『所謂的商業，不是賣商品，而是賣點子』這句話的奇人，也確實是個野心家，但並未策畫什麼會觸犯法律的案子。可是大約兩年前，他開始說：『就算商品不好，只要點子夠好，消費者就會買帳』這種話，走向很極端的想法。從那之後，公司的走向就變得很可疑，內部開始流傳，社長和他的心腹一起開展了奇怪的專案企畫。雖然他們本人認為那是以機密計畫的方式在進行，但是不管他們怎麼隱藏，公司內的人就是會知道。」

「所以，你就是知道啊。」

「對啊，公司內部無人不知無人不曉。」

「你既然知道，為什麼不去阻止呢？」

「我試著阻止好幾次了。每當社長做出可疑的舉動時，我會直接找社長談話，跟他說，公司要是一直繼續這樣下去，以後一定會出大事。我告訴他，就算很花時間，我們也應該腳踏實地開發商品。」

「噢。」

我開始覺得混亂。好奇怪，爸爸說的和我聽到的不一樣。普拉普拉從來沒和我提過這些……

「我馬上就被社長當成眼中釘。就像在零食公司時一樣。他們先是把我的辦公桌移到窗戶邊、不交辦任何工作給我，逼得我只剩下辭職走人這一步。儘管如此，爸爸當時咬著牙撐了下去，沒有提辭呈。一來是因為，要是爸爸這次再失業，不知道要到何時才能再找到下一個工作，也會很對不起媽媽。再來是因為我們家還有貸款沒還完，也有你們兩個的學費要付。不管爸爸受到怎樣的對待，只要我有去公司，就還是可以領到薪水。」

「兩年來，」爸爸沉痛地說。「兩年來，我就像行屍走肉一樣繼續去上班。」

北風吹起爸爸摻著灰色髮絲的頭髮。

我打了個哆嗦，伸手拿起不鏽鋼杯。

裡面的咖啡已經完全冷掉了。

「公司裡，還是一樣都沒人幫你說話嗎？」

我向爸爸發問，聲音到了後面越來越小聲。說不定我……不對，是阿真，對爸爸有著難以挽回的誤解？

「雖然也是有人鼓勵我，但畢竟要面對的是社長，一般同事想幫我也沒辦法。」

「那些被檢舉的高層，全部都和社長是一夥的？」

「與其說他們都是一夥的，我覺得他們應該也遲疑過，只是在他們的立場上，也沒辦法違抗社長吧。反而是年輕員工裡，傳出聲浪要解除社長的職位，讓公司重新來過。爸爸的想法也和他們一樣。公司如果墮落到那種地步了，確實只剩下大刀闊斧改革這條路了。」

「所以，那天晚上你會那麼開心，不是因為你升官了的關係？」

「是因為升官了沒錯。」爸爸爽快地承認。「因為這樣一來，我又可以開始好好地工作了，而且是在我期望已久的企畫部。那一晚，我和年輕員工一起慶祝，說這次一定要腳踏實地開發商品！雖然有一陣子我的確很自暴自棄，但後來想想，我的人生其實也還不算輸到脫褲子吧。」

「……」

對著完全說不出話的我，爸爸一臉得意自信的樣子。

「在你眼中，我可能只是個無聊的上班族，是個每天搭著滿員電車的無趣中年男子也說不定。但是爸爸的人生，在我自己的眼裡也是波瀾萬丈的，有好事也有壞事。我唯一能告訴你的只有一件事，那就是：壞事總會結束的。雖然這只是再小不過的道理，卻是千真萬確的。就像好事不會一直持續下去，壞事也不會永遠不散。」

說完，爸爸有點害臊地大笑起來。彷彿被爸爸的笑聲給彈開一樣，聚集在墊子旁想偷吃便當的烏鴉也同時飛了起來。

振翅聲啪嗒啪嗒響起。

被深藍色天空吸進去的黑色。

一股令人頭暈目眩的孤單感突然向我襲來。

爸爸似乎是想要鼓勵我，只可惜，我知道壞事並非一定會結束。

因為阿真的死就不會結束。不管經過多少年或幾十年，只有死這件事是不會結束的。

阿真在這個人世間留下無可挽回的誤解，就這樣永遠死去了。

11

山上的天氣變化很快。到了下午，天空轉陰，雲色也變深了，但無論如何，我也沒辦法再專心寫生了，於是主動去對站在河邊繼續垂釣的爸爸說：「我們回去吧。」

回程在高速公路上遇到阻礙，變成了一場漫長的兜風。

回堵大約二十公里的大塞車。三線道公路上塞滿了車子，車流幾乎一動不動，偶爾像是貧血發作時一樣搖晃著往前進幾步，卻又馬上停下來。感覺大家都開始煩躁起來，到處響起不針對任何人的抗議喇叭聲。坐在我隔壁的爸爸，卻不為所動地定定握著方向盤。不只如此，他甚至跟著自製的音樂卡帶，悠閒地哼起演歌。

仔細想想，這是我第一次這麼近距離看著爸爸的臉。

那是一百個人裡會有一百個人說看起來很溫和穩重的圓臉；那對眼睛，看起來像是這輩子從沒瞪過人；皮膚狀態也很好，不像已經過了四十歲。明明他就遭遇了許多慘事，他的臉卻不像阿真那樣充滿陰影。

「我想問一個事情。」

我小聲地說：

「只要現在過得好，過去的事你都可以放下了嗎？」

對我來說，這簡直不可思議。

「你過去的怨恨呢？對社長或上司的憤怒呢？你能說你已經不討厭人類了嗎？以後，還是可能會有人做出更過分的事也說不定，甚至有可能在你不知道的時候，他們已經做了。」

我的腦海裡浮現出媽媽的臉。

背著爸爸外遇的媽媽。

將外遇的媽媽描述成「充滿力量的救世主」的爸爸。

不只是小林真而已。也許，在這個世界上，所有人都一邊誤解著別人、一邊被別人誤解著。這樣子活著，確實會讓人覺得孤單，但也因為如此，有時候反而帶來了意外的轉機。

「我當然還是怨恨啊。」

經過長長的沉默後，爸爸這麼回答。對向車的大燈打在他那張看起來有點僵的臉上。

「不管現在過得多好，悲慘的過去也不會消失。兩年來，我像死人一樣度過的時間也沒辦法挽回了。我不曾忘記對上司的怨恨。社長被起訴時，我甚至心裡想著真是活該，也曾經厭惡會這樣想的自己。」

「儘管如此，」爸爸說：

「儘管如此，那些情緒都在一瞬間就消失了。」

「一瞬間？」

「那一天的那一瞬間。」

「什麼時候？」

「你不知道啊。」

笑容從爸爸的臉上褪去。

「就是你復活的瞬間啊。」

「啊。」

我的胸口揪緊了一下。

「當我發現因為吞下大量安眠藥而奄奄一息的你，我感覺我的心臟可能會比你更早停下來。因為媽媽也在，我想盡量保持鎮定，但其實內心已經慌亂到不行。雖然我們急忙叫了救護車，醫院的醫生卻說救回來的希望渺茫，頂多是變成植物人。但就算是這樣，醫生和護理師都還是拚命進行搶救。他們說因為你還年輕，想盡辦法也想要救你，真的是用盡了各種方法。他們的樣子讓我很感動，然後你也像是要回報大家的努力一樣，奇蹟似地復活了。我那時候心想：人類這種生物，不管是好是壞，真的很了不起啊。」

爸爸像是在反覆咀嚼一樣說道。

「那一瞬間的喜悅，將我從過去以來承受的所有痛苦全部結清了，甚至還剩下很多很多。」

後面又傳來另一台車的喇叭聲。然後彷彿在回應一樣，前面也傳來一聲，右手邊也傳來一聲。我有點坐立難安，將頭轉向發出喇叭聲的每個位置，眼神也不停飄移。

「而且不光是爸爸而已，也有其他人，因為那一瞬間而改變了未來的人生。」

爸爸的聲音將我的視線再次拉回。

「你有注意到嗎？阿滿會突然說他想要當醫生，就是從在那間醫院裡看到你撿回一命之後。」

「咦？」

「阿滿說他會放棄今年考醫學院。因為他很突然決定要考醫學院，就算現在開始追趕進度，好像也來不及的樣子，所以他說要用一年時間好好重新學習，明年再去報名獎學金補助的考試。然後他還說，希望能讓阿真去念私立學校。」

「……」

我的腦袋一片混亂，找不到回應的話。

那個阿滿？真的假的，騙人的吧，這怎麼可能？雖然我拚命想否認，但是在我內心的某個地方，知道那不是謊言。

我放棄否認，身子往椅背一癱。

說實話，我也隱約有所察覺。自從我變成小林真以後——也就是說在阿真自殺以後，那個嘴巴很壞的阿滿，從來沒有再拿身高的事來嘲笑我。

「你有什麼事？」

我們回到家時，已經過了晚上九點。阿滿好像在房裡，燈光從門縫下洩漏出來。因為就算我敲門他也不回應，我也就不管三七二十一，直接打開了他的房門，看到阿滿正坐在書桌前念書。

「誰說你可以進來的？」

他背對著我，用著和平常一樣刺耳的聲音說。

「我有幾件事想和你確認。」

我試著單刀直入：

「你要放棄今年的醫學院，是為了我嗎？」

「您真是愛說笑。」

阿滿頭也沒回，嗤笑了一聲。

「單純只是因為來不及而已。我畢竟是你哥哥嘛，頭腦也和你一樣不是那麼靈光。」

這種讓人火大的說話方式，還有總是要賤嘴多說一句的個性，一樣沒有改變。

「再說了，我查了之後才發現醫學院比想像中還花錢。雖然我也想過入學後再打工賺學費，但轉念一想，不如拚明年的獎學金考試還更好，所以才改變計畫。」

阿滿用這樣的回答解決了我的提問，埋頭繼續研究參考書。「還有一件事。」

我又叫住他說：

「你決定要當醫生的原因，是因為我的自殺嗎？」

「跟你才沒有關係。我是受到你的主治醫生影響。」

阿滿用不帶情緒的聲音說道。

「當時是我頭一次近距離看到掌握著人命的醫生是怎麼在工作。看到默默拚盡全力救人的醫生，那樣子讓我很感動。然後又看到爸爸、媽媽高興成那個樣子，覺得這份工作也不錯——就只是這樣而已。即使那個病患不是你，結果也是一樣的。即使是隔壁病房的患者，或者只是一隻猴子，結果也都一樣。就這樣。」

阿滿拿起自動筆來寫字，我卻仍站在門前沒有離開。

「我還有一個問題。」

「怎麼還有啊？」

「最後再問一個。」

「你到底要問什麼？」

「真的嗎？」

「蛤？」

「真的就算是猴子也一樣嗎？」

阿滿的自動鉛筆停了下來。他那片和阿真相似的窄肩、和阿真相同位置的髮旋，這些全部都在那幾秒鐘間完全靜止不動。

「這種事你自己不會想嗎！」

「嘎吱」一聲下，阿滿推開椅子轉過身。他可怕的臉色，嚇得我不禁往後一縮。

「自己想！」他又說了一次，用像是要吃了我的眼神瞪著我。「從我懂事起，你就跟在我的身邊。你遲鈍，又醜又笨又膽小，在家一條龍、在外一條蟲簡直到有病的程度，也交不到朋友，整天跟在我的屁股後面。你總是讓人操心，需要人時時盯著。十四年來，這樣占去我所有注意力的弟弟，竟然在一個再普通不過的早晨，突然間就要死在他的床上，而且還是自殺。他自己殺了自己。你給我好好想想，我當時會是什麼樣的心情！」

自顧自說完之後，阿滿瞬間冷靜下來，低聲說了一句「就這樣」，便回到書桌前坐下。他沒再轉過來看我，拿著自動鉛筆在參考書上寫字的手也沒再停下。

我在那裡呆呆站了好一會兒，最後像個被三好球直接三振的球員一樣，轉過身，拖著腳步走回房間。

那一晚我遲遲無法入睡。

爸爸的話、阿滿的話。那些無法挽回的東西一直在增加，對於自己欺騙這個「寄宿家庭」的罪惡感也突然湧上來。這些全都讓我無比鬱悶。

今天這一整天，要我這個替身來承受，實在太過沉重了。

我真的很不甘心，覺得沒有比這更讓人覺得遺憾的事。

應該讓阿真來聽今天爸爸說的話。

好想讓阿真聽聽阿滿的心聲……

就在我把臉壓進草綠色枕頭裡、一個人體會著只有我才明白的不甘心時，我感覺到鼻腔深處一酸。接著，某個溫熱的東西滑下我的臉頰。

這時，天花板傳來了令人懷念的聲音。

「你在哭嗎？」

是好久沒見的普拉普拉，可是我現在想要一個人獨處。

「不是我。」

我低聲回答他後，立刻鑽進被窩裡。

「這是阿真的眼淚。」

12

我心中對小林家的印象，正一點一點地出現顏色上的轉變。

它不是「原本我以為是黑色的其實是白色的」這樣單純的改變，反而比較接近「原本我以為是單色的東西，仔細觀察之後，才發現裡面其實藏著好幾種顏色」這樣的轉變。

有黑也有白。

有紅有藍也有黃。

有明亮的顏色，也有暗沉的顏色。

有美麗的顏色，也有醜陋的顏色。

從不同的角度觀察，就可以看到不同的顏色。

去河邊的隔天起，我不再躲避爸爸了。本來我們倆就都不是話多的人，所以也不會因為這樣，兩人對話的次數就突然增加，但總算是可以正常對話了。我和阿滿則是老樣子，一直在吵架，只是我不再像以前那樣因為他的嘴賤而生氣。況且，我想了想，和阿滿的鬥嘴也是一種不錯的紓壓方法。

像這樣一點一滴地，我好不容易終於開始融入這個「寄宿家庭」，只除了一個我無法克服的障礙，那就是媽媽外遇帶給我的生理性排斥。

當然，不管是誰都會犯錯。就算是我，也是因為前世的過錯，現在才會在這裡。對於已經過去的事，我也覺得自己這樣不乾不脆的很討厭。

不過，儘管我的腦袋很清楚這些道理，但只要媽媽一出現在我眼前，我還是會不自覺變得很僵硬。再說，她竟然欺騙人那麼老實、看起來很好騙的爸爸，完全不需要花心思、用什麼手段，真的很卑劣。至於媽媽那邊，那封信沒發揮效果後，看起來也沒有下一招了，只是一直隔著一段距離、小心翼翼地觀察著我。

麻煩的是在這種情況下，我們現在面臨著必須盡快對話、否則無法解決的問題。

那就是高中入學考試的問題。

在我為了應對小林家的狀況而手忙腳亂時，大考日也在確實地逼近中，而我們還沒針對申請學校一事達到最後的結論。「只考公立學校」的我，以及「將公立學校設為第一志願也可以，但為了以防萬一也去考一下私立學校」的父母，再加上說出「我會用獎學金去念醫學系，阿真你就用單願申請私立學校」的阿滿，現在整個情況變得難以收拾。

我知道，因為我的成績的關係，大家會這麼擔心是在所難免，我也不是不能理解他們不希望自己家裡出了一個高中重考生的心情。但是站在我的立場，不管怎麼想，為了只能上五個月的私立高中而花費大筆學費，實在是太愚蠢了。

在如此複雜的情況下，我一直拒絕和父母對話，可這情況也差不多到極限了。老師、家長和考生，這令人煩躁的組合必須一起確認最終志願的日子，正一天一天逼近。

「雖然有點晚，但下星期開始的三方面談[6]日程已經確定了。不管你們情不情願，這次是最後一關的面談，所以所有人一定都要請自己的爸媽出席。」

澤田在十二月十四日放學前的班會上，宣布了三方面談的時間。那天是星期

6 由學生、監護人（家長）、導師共同進行的面談，主要討論在校生活、升學規畫等內容。

一，第二學期的期末考在三天後，寒假則是在十天後。

「每個學生的面談時間是十五分鐘。這時間夠不夠長，就要看你們自己現在的狀況了。日程是依照你們的座號來安排的，但現在距離面談還有三天，如果有人的父母不太方便，先跟我講一聲。我現在一個一個叫名字，叫到的人過來拿通知單。」

澤田逐一看著教室裡的學生，一邊大聲叫出名字。

我拿到的通知單上寫著「第二天的五點半到五點四十五分」，只有這一句是用手寫的。這十五分鐘想必會很難熬，不過……算了，現在想這個也沒用。

讓我在意的是，澤田在把通知單發給我的時候，說了一句很莫名的話。

「反正我已經和小林的媽媽充分討論過了。」

嘴上掛著淺淺微笑的澤田，確實說了這句話。他一看到我愣住，就立刻轉移話題說：

「啊，對了！天野老師有話要我轉達你。」

「天野老師？」

「放學後去找他。天野老師說有東西要給你。」

「喔。」

我歪頭想了想，不知道是什麼。

天野老師是美術社的顧問，是個話不多、幾乎是用筆刷和康緹粉彩筆（conte）來代替說話的老爺爺，但他偶爾說出口的建議都很到位，所以我私底下很信任他。我沒再去美術社後，就沒再和老師見面了，不知道他要給我什麼？

雖然我一頭霧水，卻還是在放學後，去了美術教室隔壁的器材間。天野老師通常都待在那裡，只是那天不管我怎麼敲門，都沒有人回應，裡面也聽不到任何聲響。我心想，老師該不會在教職員室吧……

算了，我放棄。

我轉身就要走，突然間卻又有點在意，忍不住將身體再轉了回去。就這樣我轉了一圈，腳尖再次朝向美術教室的方向。

油畫顏料的氣味搔弄著鼻子，讓我的心癢了起來。我被那氣味牽引著走過器材間，站在讓我很懷念的美術教室前。隔著毛玻璃，教室裡一片昏暗，看起來沒有社員在裡面的樣子。對了，在大考前夕，學校是禁止社團活動的。想到這裡，我的心情立刻輕鬆下來。

我興致高昂地打開美術教室的門。

下一秒，在理應空無一人的教室裡，我看到了一個奇特的畫面，嚇了一大跳。

美術教室的厚重窗簾，遮擋住了紅磚色的夕陽。在空蕩且寒冷的教室中間，放著一個、僅僅一個畫架，上面放著一塊畫布。一看到那片藍色，我就知道了。那是我的畫：由阿真起頭、我後來接手的那幅畫。我原本打算等考試結束後，再花工夫好好地將它收尾。

一個人影佇立在那幅藍色的畫前。

那人影身上散發出一股暗黑的邪氣，源頭是他右手握著的一支油畫顏料管。沒有蓋子的油畫顏料管，管口淌出帶著光澤的漆黑油彩。那個人影，看起來像是要用那坨黑色去塗抹阿真和我的藍色畫作，正慢慢地將他的右手往畫布伸去。我看著那個側臉——

「廣香？」

雖然覺得不可能，但我還是叫出了這個名字。

那個人影嚇了一跳，轉過身來。

果然是廣香。她手裡仍拿著黑色顏料管對著畫布，而且用一種帶著朦朧恨意的眼神直直地看著我。

「為什麼……」

為什麼廣香要對我的畫做這種事？

我雖然想問她，喉嚨卻發不出聲音。看到廣香那實在太黯淡的眼神，我突然間悲傷起來。

在滿是暮色的美術教室裡，這一刻的廣香確實感受到了恐懼。她渾身散發著無以名狀的憤怒和惡意，但同時又對這樣的自己感到懼怕。

「可以喔。」

回過神時，我已經低聲說出口了。

「我把這幅畫送給廣香。所以，廣香想怎麼做都可以。」

這一瞬間，那個一直以來迷惑著我的性感生物，突然變成了脆弱、需要人保護的少女。

廣香像是鬆了口氣一般閉上了眼。然後，沒有任何預兆，從那雙眼睛裡滾落一大顆眼淚。這時，她手中握著的顏料管，顏料從管口滴了出來，落在地上——

「我好奇怪。人家，真的好奇怪。我覺得自己要瘋了……」

廣香將顏料管放在畫架上，跟著就像著了火似地哭起來。

「人家，明明喜歡漂亮的東西，明明就很喜歡的，有時候卻又會想要毀了它們，用自己的手，把它們破壞得亂七八糟。我好怪，真的好奇怪。」

我走近廣香，將手放在她顫抖著的肩膀上。

「我也會出現這種情況，不是只有廣香會這樣。」

「人家好奇怪，腦袋不對勁。我快要瘋了，大家常常這樣說我。」

「大家都很奇怪喔。」廣香將哭得皺成一團的臉壓在我的胸前。我以自己這幾個月來的切身感受，對她說：

「不管是這個世界、還是那個世界，人類也好、天使也好，大家都很奇怪，這是正常的事。腦袋不對勁、感覺快瘋了，都是很正常的喔。」

「不是只有人家而已？」

「不是只有廣香而已。」

「不是只有我會有時候變得殘酷？」

「不是只有廣香。」

「不是只有我會有時候很想傷害別人？」

「不是只有廣香。」

「人家有時候很溫柔體貼，有時候又很惡毒壞心。」

「大家都是這樣的，每個人身上都帶著各種不同色的顏料，有漂亮的顏色，也有骯髒的顏色。」

廣香擁有的明亮顏色，一直照亮著阿真的昏暗日子呢——只是我不能這樣告訴廣香，真的很可惜。

人會在自己也沒察覺的地方，不經意地救了誰，也不小心傷了誰。

正是因為這個世界太多彩繽紛，我們才總是感到迷惘。

迷惘於哪一個才是真正的顏色。

迷惘於哪一個才是自己的顏色。

「我雖然三天就想做一次愛，每個星期又會有一天想出家當尼姑。我每十天就要買一次新衣服，每二十天就想要買飾品。我想要天天吃牛肉，也想要長命百歲，可是又每隔一天就想死。人家這樣真的不奇怪嗎？」

廣香不安地不斷想要確認，我告訴她：

「全都是很普通的事，而且是普通得不能再普通了。」

我堅定地說完這話後，小聲地加上一句：

「但是妳最好打消想死的念頭。」

雖然我早就想到會是這樣，但廣香盡情哭過以後，果然又變回平常的那副樣子，嘴上說著「約會要遲到了啦」，接著就離開了。

「那幅畫人家不能收。因為，有一天我一定會把它弄壞的。但是阿真你要好好地把它畫完，然後要好好珍惜它唷。」她笑著留下這段話。

又哭又笑，自己痛苦也讓別人痛苦。她是如此令人眼花撩亂，如此繽紛多彩。現在，比起被她的性感所吸引，我反而對於研究她更有興趣，可惜我只剩有限的時間可以見證她之後的變化了。

繞了一大趟遠路的我，最終抵達了教職員室。天野老師果然在裡面。

「喔，是小林。你真慢啊。」

老師用著他平常的嘶啞嗓音說道，拿出了一個茶色大信封袋給我：

「這是你媽媽拜託我的那個。」

那個？

「原本是要在三方面談時請澤田老師轉交給你媽媽，但我想說這種東西嘛，還是越快給你們越好。」

這種東西？

我完全沒搞懂天野老師說的那個是什麼，就收下了信封。它薄薄的，沒什麼厚度。我單手一抓，信封就出現了凹摺。

「總之呢，我想你一定念書念得很辛苦吧，但考試結束後記得要再來美術社。你一不在，美術社都不像美術社了。」

老師說這話時，感覺有點不太好意思地低著頭。我聽了也害羞地點點頭，道謝之後就離開了教職員室。

我快步回到教室，立刻打開信封。

裡面的「那個」，是我意想不到的東西。

13

那天吃晚飯時，我拿著那個信封下樓，看到客廳裡久違地全家人都到齊了。爸爸、媽媽、阿滿，三個人的臉上都帶著從未見過的緊張神色。

「我們想和阿真說一件很重要的事。」

他們一起面對著我，然後媽媽像是代表一樣開口說。

我微微地點個頭。

「嗯，我也有話要和你們說。」

我遞出那個信封。

「這個是美術社老師要給妳的。」

媽媽的臉色一變，爸爸和阿滿也驚訝地看彼此一眼。果然，除了我以外，大家都知道這件事。

我將信封交給媽媽，然後在阿滿的旁邊坐下。餐桌上傳來高麗菜捲的香味。眼前飄著熱氣的料理正在逐漸變涼，卻沒有人伸手夾菜。

「如果你覺得媽媽太雞婆的話，我先和你道歉。」

首先打破沉默的人是媽媽。

「你考高中的事，爸爸和媽媽已經決定按照你的想法去做就好。但至少在最後，我們希望可以保留一點其他的可能性。不是只要你能考上高中就好，我們也對於你之後是否能夠開心地去上課，做了一些思考。」

「嗯。」我回答。「這些道理，我都明白。」

我一打開信封的瞬間，就知道它純粹是來自媽媽的好意。

放在信封裡的，是某間私立高中的資料影本。那是一所我也聽說過、風格很特殊的高中，有美術和音樂的專門班，普通班的授課也全部都是選修制。我專心看了一遍資料。如果我可以去念這所高中的美術班，一週最多可以選修十六個小時的美術課程。

這所學校的硬體設備當然也很齊全。從資料上的相片可以看到，美術教室簡直就像草原一樣寬廣，教室後方擠滿了有如羊群般的素描用石膏像。美術科系的教師陣容也很厲害，不是從美術大學挖角來的名師，就是曾經在巴黎、紐約的藝術學校執過教鞭的人。不只如此，每週一次在講堂裡舉辦的講座上，學校還會請到現在活躍中的藝術家來演講。可見他們真的非常用心，之後考上美術大學或藝術大學的升學率也非常高——可想而知，它的註冊費和學費也是貴得離譜。

「是阿滿告訴我們有這所高中的。他覺得，如果是這所高中，阿真也可以很開心地上課吧。」

一和我對上眼睛，阿滿立刻將頭撇開。

「媽媽完全不知道這種高中的存在，但是聽了說明後，覺得非常適合阿真……所以我才在想，至少打個電話和澤田老師商量一下。」

接到媽媽的電話後，聽說澤田向媽媽表示，那所高中「競爭雖然激烈，但預估偏差值[7]『不會非常高』」。尤其是美術班，比起學科成績，更重視術科結果，所以我也很有機會可以考上。

「所以前天，媽媽還特地去參觀了那所學校。」

---

7 日本用來表示學力的數值，計算方式雖和臺灣普遍使用的ＰＲ值不相同，但代表的意義是類似的。

爸爸一插話進來，媽媽立刻笑著點頭說：

「那所高中雖然說是在郊區，但也還是在東京。媽媽只是想先確認，有沒有辦法從我們家通勤上學，以免讓你空歡喜一場。我實際走了一趟後，發現距離雖然有一點遠，但也不到沒辦法從家裡通勤的程度。公車加電車的交通時間，大概是一個小時左右。學校雖然離車站還有一小段路，但因為這樣校區很安靜，也充滿綠意，是個很棒的地方喔。」

說到這裡，媽媽起身離開餐桌，然後拿著那所高中的學校簡介回來。

我接過資料，發現是一份頗有份量的精美簡介，上頭是滿滿的彩色照片，封面印著近代風格的銀灰色校舍。

「對吧，是個很棒的地方。」

媽媽對看資料看得入迷的我說：

「但這畢竟是他們內部自己製作的手冊，也有可能只把好的一面寫上去。我上過各式各樣的才藝課程嘛，所以最清楚這種事了。於是我去拜託澤田老師，如果有外部資料的話，希望可以先提供給我。結果澤田老師就幫忙去問了美術社的老師……」

所以今天那份資料才會送到我的手上啊。

「我不是故意瞞著你的。本來我就打算趁今天爸爸和阿滿都會在家，再一起好好跟你談一下。」

媽媽從剛才開始就一直在解釋，聽起來像是在為自己辯解。說不定這是因為我板著一張臉，但我其實沒有生氣。

媽媽、爸爸、阿滿、澤田、天野老師。我一想到大家在我不曉得的地方討論這個話題，就不禁有點茫然，不知道該怎麼反應才好。說得更坦白一點，我的心被一種莫名的感覺觸動了。

「你就去那所高中啦，阿真。」

阿滿直視著我。

「你雖然是個又笨又遲鈍又無可救藥的膽小鬼，但你從以前就很會畫畫，就去那所高中盡情畫你想畫的東西吧。」

「不要擔心錢的事。」爸爸也看著我說。「雖然爸爸之前和你說，希望你去考公立高中，但那不是只因為錢的問題。那時候你實在太漫無目標、沒精打采，所以我覺得給你設定一個目標會比較好。怎麼說呢，我就是想看到你朝著目標前進的樣子。不過，如果都是要朝著目標邁進的話，當然是選擇自己喜歡的最好。」

「澤田老師也說，美術社老師很誇讚你的畫。」最後，媽媽也看著我說。「老師告訴我，先不談技巧如何，有很多人欣賞你的畫。他說你的畫可以打動人心。媽媽聽到老師這樣說，還忍不住哭了出來。」

媽媽的眼眶現在也泛著淚水。

他們三人的視線全集中在我一個人身上。這一刻，我在心裡使盡全身的力量大聲吶喊：「阿真，你真的太著急了！」

不是這些事情來得太晚。

而是你太著急了……

「謝謝你們。」

我緊張地開口，然後再次看向那本學校簡介的封面。

嫩綠色樹木包圍著校園，學生穿著時髦的制服露出笑臉。他們的後方，聳立著有如奧運主場館的校舍。

「看到天野老師給的資料時，老實說，我嚇了一跳。雖然以前我就知道有這種高中，但是因為不可能去，所以沒想過要調查，也完全不知道原來是這麼棒的地方。在看資料的過程中，我也變得興奮起來。我越是了解這所學校的事，就越是覺得厲害。那裡就好像樂園一樣，如果能在這種地方上課該有多好——我確實也這樣想過……」

「不過，」我說。「我還是決定去公立高中。」

「為什麼？」

「為何？」

「你這傢伙到底在想什麼啊！」

三個人同時反應出聲。我努力擠出一個笑：

「因為我和人約好了。我和早乙女，說好要一起上同一所高中。」

「早乙女？」

「班上的朋友。」

「你這傢伙，竟然用這種理由來決定高中要讀哪裡？」

「就為了這種理由沒錯，但是這對我來說是很重要的事。」

我對氣到臉色鐵青的阿滿說：

「他是我的朋友。」

我感覺喉嚨深處熱了起來。雖然很丟臉，但我開始很想哭。

「他是我第一個交到的朋友。」

在我濕潤的視線中，學校簡介的封面變得模糊不清。就算被人嘲笑這是無聊的事也無所謂。對現在的我來說，介紹給我兩千一百八十圓球鞋的早乙女，是這個世上最了不起的人。

「老實說，有可能我是因為害怕。我其實不是討厭考試，而是對高中生活沒有自信……」

我的心持續劇烈顫動著，但我還是努力把話說出來。

「在上中學那時候，我失敗了。大概是我的第一步沒走好吧，沒能和大家一起跨出第一步。而最初的那一步沒跟上，後面整個感覺都亂了，讓我變得無法動彈。我越是被班上的同學拋在後面，就變得越緊繃、越僵硬，然後漸漸變成什麼都做不了。」

沒錯，這大概就是阿真的情況。

一想到被人拋下的阿真，一想到他的不甘心，我的聲音就越加沙啞。

「但是當中也是有像早乙女這樣願意停下腳步、轉過身來等我的人。可能是我太單純吧，但我真的好高興，感覺突然充滿了活力……因為和早乙女的關係變好，所以說不定我也可以交到別的朋友。一個接著一個，我的朋友可能會慢慢增加。我總覺得，這樣的我可以就此順利迎接高中生活。就算我的第一步走慢了，但這次我可以不用再著急。我可以和一票同學一起打打鬧鬧著上學，回家的路上也一起繞去別的地方……我想要在高中做的事，其實就只是這種非常普通的事而已。」

我也好想讓真正的阿真體驗這種非常普通的高中生活。強忍著即將溢出眼眶的眼淚，我打從心底這麼希望。

阿真的孤獨。

阿真的不安。

阿真的願望。

這些事情，我最清楚了。

「可是……這樣真的好嗎？這是可以讓你專心投入你最喜歡的美術的大好機會耶。」

爸爸傾身和我再次確認。我用力點了點頭。

「上高中後，我還是會參加美術社。現在我只是因為喜歡才畫畫，還沒考慮過今後是不是要繼續鑽研這一方面，或者是以此為職業。」

雖然對特地去參觀學校的媽媽感到抱歉，但就算我是有未來的人，也會覺得等到大學再主修美術都還不算晚。

我一說完，餐桌上陷入一片寂靜，只聽得見風吹打著窗戶的聲音，還有時鐘的滴答聲。爸爸、媽媽還有阿滿，每個人都一聲不吭，只是看著我。不過，就算他們不說一句話，我也能從他們的眼神中，知道他們已經認可我的決心了。

「我餓了。」

最先開口的是阿滿。

「好，我們開動吧。然後，今天大家一起喝一杯。」

爸爸這樣說，露出燦爛的笑。

「阿真也一起喝，因為你已經是大人了。」

就這樣，學校志願的問題算是告一段落。最後的折衷辦法是，我照我的希望繼續朝公立高中的目標邁進，但為了以防萬一，還是去考看看私立高中。比起高中志願的選擇，我覺得家人們更因為我頭一次把心事告訴他們，而感到開心。

不過，那些當然是我的心情，不是阿真的想法。我頂多只是揣摩了他的心境。還有，那三個人的愛，其實全都是給真正的阿真，不是給我的。

這樣真的沒問題嗎？

爸爸小酌幾杯時，我陪著他坐了一會兒，然後回阿真的房間繼續念書，心頭悄悄地浮上這個疑問。

爸爸、媽媽、阿滿。我和「寄宿家庭」的關係越是好轉，就越覺得內疚。我想代替阿真上高中、交朋友，也想畫更多的畫——這種心情越是高漲，「對不起真正的阿真」這種感覺就越困擾我。說到底，要另一人的靈魂來代替某人重新活一次，根本是不可能的事。

尤其是，只要我還是我，這個小林家就無法迎接真正的快樂結局。我可以帶給他們的，只有冒牌貨的、替代品的幸福而已，而且還是有期限、會幻滅的幸福……

一想到這些事，我就讀不下書，想睡覺也睡不著。

凌晨十二點，不上不下的尷尬時間。

我想泡杯咖啡轉換一下心情，便起身前往廚房。

途中，我經過客廳前面時，看到拉門後的客廳還亮著燈。我沒想太多，從隙縫往裡面看過去，在餐桌上看到媽媽的身影。
「啊。」
媽媽一發現我，就慌張地將桌上的東西藏到膝蓋上。
「阿真，你還在讀書啊？」
她看起來就像作弊被抓到的女學生那樣狼狽。
我感覺不大對勁，但懶得追究，正要繼續往廚房走去時，突然想到一件事，於是往後退一步，把臉湊到拉門的門縫前。
「抱歉啦。」
「什麼？」
「妳還特地去幫我拿了學校簡介。」
「沒關係啦。」媽媽愣了一下後笑著說，迷霧瞬間從她的臉上散去。
「這次是媽媽太莽撞了。我沒想到你會這麼認真思考，是我太雞婆了。應該是媽媽要跟你道歉呢。」
下一秒，媽媽從拉門後叫住了我。
「你可以進來一下嗎？」

我照著媽媽的話走了進去，來到她的身邊。她扭扭捏捏地將藏在膝蓋上的東西放回桌上。

我一看，發現那是一份薄薄的、兩色印刷的摺頁傳單，上面寫著「你也做得到！啦啦啦歡樂手指偶劇」。

——啦啦啦歡樂手指偶劇？

「那、那個，就是呢，這是媽媽認識的太太在經營的手指偶劇團介紹傳單。」

媽媽一臉尷尬地開始說明：

「聽說他們每個月都會到老人中心義演一次。前陣子，他們來問媽媽要不要一起去……當然，媽媽一開始就回絕他們，畢竟我已經決定要以母親的身份為重心生活下去，現在又是你正在準備考試的最辛苦時期。但是他們人手不足，一直說非我不可……然後，我這樣看著介紹單，漸漸地，該怎麼說呢，我突然覺得，說不定我非常適合手指偶劇——真的是很不可思議的感覺呢。」

我覺得，每一次就立刻認為自己很適合做某些事的媽媽，才是不可思議的事。但我沒把這句話說出口，只是默默地心想真受不了這個人。

「真的是，為什麼我老是這樣呢。」

看來媽媽也很受不了自己。

「可能在媽媽我的內心深處，還在追求著什麼吧。雖然說事到如今，我已經分不清自己到底在追求什麼，可是又沒辦法不繼續尋找……真的，連我自己都覺得我好討厭。到底我是太貪心，還是該說太執著呢……」

媽媽看起來有在反省了，卻沒辦法讓人感覺她有真心悔過，這是她最讓人頭痛的地方。

「妳不是太貪心或太執著，」我決定趁這個機會，將我一直默默放在心裡的話告訴她。「這其實也不是多嚴重的事。妳的問題很單純，就是只有三分鐘熱度。」

「咦？」

媽媽彷彿頭一次聽到這個字眼一樣，睜大了雙眼。

「我從來沒這樣想過。」

我看著真的嚇了一跳的媽媽，覺得這個人與其說是個骯髒的大人，更像是不會拿捏分寸、不懂原則的小孩。要馬上接受媽媽這種奇特作風並不容易，而且我只要一想像她和佛朗明哥舞老師之間做的事就油然而生一種噁心感，這件事也難以在短時間內化解。

可是，如果我還有更多時間的話……

一年，三年，五年，如果我能夠這樣積累歲月的話……

不，不管怎麼說，這都不是我的任務。

這陣子，有個念頭不斷掠過我的腦海，我卻遲遲無法打定主意，一直到這個瞬間，我終於下定了決心。

「手指偶劇很不錯啊。」

離開客廳前，我若無其事地丟下這句話。

「但是不要中途放棄，給別人添麻煩喔。」

「咦？媽媽可以去參加嗎？」

「這和我又沒關係，而且爸爸似乎很喜歡妳去做這種事。」

我看著眼神越加明亮的媽媽，不忘叮囑她：

「他對妳這麼好，妳別再背叛他了。」

媽媽點頭，神色有點微妙地說：

「不過，爸爸以前也是很常在外拈花惹草喔。」

「什麼？」

「當時你們都還沒出生，爸爸的外遇對象跑來要求媽媽和他離婚，而且還發生過三次。」

「……」

不用說，我瞬間洩了氣，敗下陣來。

「普拉普拉。」

我咖啡也沒泡，兩手空空回房，一進去就坐在床緣，朝著天花板呼叫。

「出來一下，我有重要的事要說。」

這種時候叫他，普拉普拉一定會出現的。不知道為什麼，我就是有這樣的預感。

「什麼重要的事？」

預感成真了。普拉普拉咻地一聲出現，坐到我的書桌上。今天他穿著亞麻色西裝，一樣帥氣。

「真的好久不見了啊。」

我用諷刺的口吻，對這個不知是善是惡的天使打了招呼。

「再久一點，我就要忘記你長什麼樣子了呢。」

「因為你不再需要指引了啊。」

普拉普拉一臉若無其事的樣子。

「這表示你非常融入『寄宿家庭』了。這是好事。我又不是為了讓你商量瀏海問題而存在的。」

「如果是認真的事情，你願意聽我說嗎？」

「要看是什麼內容。」

「我希望，將真正的阿真還給這一家人。」

我冷靜地說，內心已經不再動搖。

「我想要將阿真，還給這些人。」

雖然我心裡感覺到些許寂寞，但是除非這麼做，否則不可能迎接真正的快樂結局。沒辦法，只能這樣了。

「我就知道，你也差不多要和我提這件事了。」

普拉普拉哼哼兩聲，露出了微笑，之後又突然一臉嚴肅：

「我不是沒有辦法叫回小林真的靈魂。你最近表現得不錯，我的老闆心情也相當好呢。再說了，我們天界本來就不是很一板一眼，所以我也可以當作特例處理，幫忙詢問可否實現你的願望。不過，在那之前還有一個問題。」

「什麼問題？」

「就是你。」

「我？」

「你是個阻礙啊。」

普拉普拉輕聲將這句話說出口。

「要將阿真的靈魂還給這個身體，首先必須讓你的靈魂離開才行。而要讓你的靈魂離開，你就必須想起你在前世犯下的錯誤。」

我發出「啊！」的一聲，嘴巴張得大大的。

「看來你是忘了對吧。」

普拉普拉眼神犀利地瞪著我。

「算了，就這樣吧。不過從現在起，你給我把這件事想起來。二十四小時以內，你必須明確地想起自己在前世犯的過錯。」

「二十四個小時以內？」

「你要是能在期限內做出完美的回答，我就幫你和老闆商量，讓你可以順利回到輪迴中，然後小林真的靈魂可以回到這副身體裡。這樣就皆大歡喜了。不過，如果你超過時限，就算只超過一分鐘，同樣會失去找回小林真靈魂的機會，結果就是一場空。」

「等等，」我壓下內心的慌亂。「我當然會努力試試看。我會努力的……但為什麼是二十四個小時？」

「數字本身沒什麼特別的意義，只是我覺得設個期限，感覺比較刺激，沒什麼特別的理由。」

「是誰要需要這種刺激啊？」

「我和我老闆。」

「你們都給我下地獄！」

我忍不住罵出口，然後抱頭苦思怎麼應對。

我用眼角餘光瞥了一眼，枕頭旁的時鐘顯示現在是凌晨十二點三十五分。我花了將近四個月的時間，連個蛛絲馬跡都沒找到，怎麼可能在明天這個時間點之前，就可以想起來這件事！

「不要這樣急著下定論，以為自己一定做不到啦。」

看著意志消沉的我，普拉普拉露出一抹意味不明的笑後就消失了。
「睜大眼睛，仔細看清楚，線索就在你身邊啊。」
線索就在我身邊——？

14

阿真的房間，象牙色牆壁，有些許污漬的天花板，螢光燈的白光，反射白色光線的天空色地毯。

朝南的牆壁有個外突的窗戶和書桌。就算我打開書桌的抽屜查看，也找不任何算得上是線索的東西。第一個抽屜裡放的是文具用品，第二個抽屜是筆記本，第三個抽屜是遊戲機和小玩具，還有情色書刊。

朝東的牆壁擺了個小書櫃，放著人氣漫畫，還有幾本我也喜歡的畫冊。辭典、教科書、參考書，以及幾本封面已經褪色的童話書，另外還有四本厚重的相簿。我翻開最左邊那一本，裡頭是幼年時期還洋溢著天真笑容的阿真。他個子小小的樣子，意外地還滿可愛的。當時他一定不曉得，自己今後會一直維持著那矮小的模樣吧。

朝東北的牆角放著原木色的衣櫃，裡面的衣物都分門別類收好，上面的是穿舊了的休閒服，越往下面的衣服越新，最下面甚至塞了一件標籤都還沒剪的紅色襯衫。那可能是阿真為了改變造型而買的，最後因為實在是太過招搖而放棄不穿了吧……

占滿整個北面牆壁的是我的床。那雙隱形增高靴，仍默默地藏身在床底下。雖然我覺得這輩子都不會穿它了，卻還是捨不得，怎麼也狠不下心把它丟掉。難道這雙隱形增高靴就是線索？應該沒有這個可能性吧。

睜大眼睛，仔細看清楚。

可是，我還是不明白，還是找不到線索。

西面的牆壁沒有擺放任何物品，只有連接走廊的房門。結果這晚我一夜無眠，直接走出那道房門，開始新的一天。我從來沒有像這樣，以如此焦躁不安的心情迎接日出，看著那青白色的光暈緩緩開展。

距離時限還有大約十七個小時。

我拖著徹夜未眠的沉重身體下樓，聞到廚房傳來味噌湯的香味。媽媽很有精神地轉過身說：「早安啊。」和我憔悴的樣子相比，媽媽的笑容顯得更是爽朗。她用一隻手攪拌著味噌湯，另一隻手則正在「一、二、一、二」地彎曲著食指。

「呵呵，我已經開始手指偶的練習了。」

她確實是個活力十足的女人，只是都把精力用在莫名其妙的地方。我一邊這樣想著，一邊走去廁所。

上大號，洗臉，換衣服，吃早餐，刷牙，梳頭髮。我照著平時的順序，卻又比平常更加仔細地執行這些動作。從廁所的馬桶到牙刷的刷毛，我全都專心且仔細觀察過。我連淡桃色的肥皂都檢查了，餐桌上那塊油亮的玉子燒也看了，甚至連我終於抓到適當分量的造型慕斯都看了又看。

但我還是什麼都不知道，依然找不到線索。

就這樣，我毫無斬獲地離開家，往學校前進。

平常需要二十分鐘的上學路程，我花了三十分鐘慢慢走。然而，已經看習慣的街道風景，不管我怎麼用力觀察，依舊仍是我已經看習慣的街道風景。這天早晨的風又強又冷冽，天空也雲層密布，讓我馬上陷入絕望的心情。就這樣，我在上學路上也沒有任何收穫，抵達了學校。

距離時限還有大約十五個小時半。

第一節是體育課，而且是我最不擅長的足球。比賽中，只要有體格壯碩的傢伙衝過來，嬌小的我就連忙閃避。

「小林，你為什麼不正面迎擊！」這一天，我同樣被澤田吼個不停。「不要像個小偷一樣，偷偷摸摸逃跑！」這時候，像被火箭砲擊中般的衝擊猛然襲來。那一瞬間，地面、天空、整個世界都破碎了，一個鮮明的畫面浮現在我的腦海中：我的臉上包著手拭巾，肩上揹著一個唐草花紋的布包袱，正偷偷摸摸走在某個人家的閣樓裡。就是它！我用拳頭猛捶操場，嘴裡大喊：「我的前世是不知道哪裡來的小偷啦！」

——這麼荒唐的事當然沒有發生。我不過是被澤田吼了一頓，然後足球比賽結束，一切跟平時沒什麼兩樣。

其他課也是一樣的狀況。偏偏就是今天，什麼特別的事情都沒有發生。我能做的，就只有把普通日子裡的每一分每一秒，全都仔細地、像是要將皺紋都拉平那樣重新觀察一遍而已。

即便如此，我還是一樣找不到線索。等我回過神時，已經到了午休時間。

「總覺得，你今天很奇怪耶。」

吃完午餐後，我有氣無力地坐在窗邊的座位上。早乙女一臉擔心地來問我：

「你的眼神不太對勁。你是很累嗎？」

「沒睡飽。」

我讓他看了我布滿血絲的眼睛。

「喔喔，你很拚嘛，居然熬夜讀書？」

早乙女的誤解很正向。

「我也要加油了，必須兩個人都合格才行。要是我們其中一個人沒上，事情可就大條了。」

早乙女說出這番單純又真誠的話，讓我既開心又有點難為情，還帶給我小小的信心。想到這一點，老實說，我覺得要將阿真的身體還回去很可惜。我在心裡感嘆著，真希望能和早乙女上同一所高中。

我也對阿真有點不放心。就算他順利回到這副身體，但他真的能和早乙女好好相處嗎？他能珍惜這個我好不容易才交到的朋友嗎？

雖然我希望能做到無縫接軌，希望他能好好和早乙女相處，但一想到阿真的個性，又讓我覺得事情實在很難說。

「早乙女，我說……」

所以，我決定從早乙女這邊下手。

「假設喔，只是假設而已，如果我明天突然變回那個很陰沉、不說話、很難相處的樣子，你可以先不要放棄我、耐著性子等我一段時間嗎？」

「蛤？」

早乙女果然是滿臉問號。

「什麼意思，你會這樣嗎？」

「我還不知道，不過……該怎麼說呢，我的情緒還不是很穩定嘛，天知道我什麼時候又會變成那個樣子。」

我語無論次解釋完之後，早乙女「嗯」了一聲，坐到我前面的座位上，把下巴靠在椅背上，專心思考了起來。

負責打飯的同學離開之後，教室裡一片安靜，只剩下我和早乙女兩個人。和教室的靜謐成對比，可以看到窗外的操場上非常熱鬧，有好幾群人在踢足球，還有更多的人在打排球。在濛濛的灰暗天空下，一大堆排球同時被打到空中。

「我讀小學的時候……」

早乙女突然出聲。我一看，發現他也正看著窗戶外。

「我小的時候，個性算是很容易和人打成一片，但是有一個人，我就是和他處不來。我們雖然在同一個小組裡，但我只有跟他沒辦法好好說話。只要我們兩個人獨處，就會變得很安靜、尷尬。而且那個人也在避免和我獨處，所以我想我應該是被他討厭了。可是，有一天放學後，我和大家留在操場上玩，突然間就和那個人變得很合拍，可以很自然地說話，也會一起放聲大笑……那時候我真的開心極了，心想一定沒問題了，明天開始就能和他好好相處了。結果隔天一早，我興奮地到了學校後，他又變回那個難相處的傢伙。」

早乙女「嘿、嘿」乾笑了兩聲。

「那時候，我幼小的心靈想著，今天和明天是完全不一樣的東西。所謂的明天，並不是今天的延續。」

我默默地點了點頭，與其說是認同他的想法，不如說是我可以理解早乙女小時候的心情。

「如果你明天突然變回了以前的小林，在我靠近你的時候表現出彆扭的樣子，我想我的心情肯定會和小時候一樣，覺得非常的寂寞。」

「但是，」早乙女說。「既然你都給我預告了，我會耐著性子等你啦。」

他的表情一下子緩和下來，然後笑出聲。

我心裡漲滿了情緒，只能勉強回他一句：「謝啦。」

不是五千年前，也不是五千年後。

我能在現在這個時代，和早乙女相識，真的是太好了，

話說回來，要是我沒能想起前世的過錯，真正的阿真就沒辦法回到這個身體，我對早乙女做的預告也派不上用場了。

到了下午，天空的樣子越加詭譎，我也越來越焦躁。我把兩隻眼睛當成顯微鏡，像在雞蛋裡挑骨頭一樣用力地看，可是學校裡連個線索的影子都沒有。儘管如此，即使我就這樣回家，也不覺得自己能在已經搜過的小林家裡找到什麼。

距離時限還剩下不到九個小時。

就算只有一絲一縷，我也希望可以在這個廣大校園中，多少抓到一些線索。放學後，我簡直是豁出去了，在校舍裡到處亂轉亂晃。

考試前的學校裡沒什麼人，像閉館後的電影院那樣鴉雀無聲。遠處的天空響起了雷鳴，震動著校園裡的寂靜空氣。終於，雷鳴中混雜著雨聲。但我根本沒時間

去管天氣的情況，只是不停在校園裡來回奔走，走著走著就停下腳步，仔細張望一下，然後又繼續走，就這樣一遍又一遍，瘋狂尋找著可能的線索。

體育館、倉庫、校工室、會議室、視聽教室、廣播室、男生廁所。能夠檢查的地點，我全都檢查過了。理工教室、家政教室、理科實驗室、音樂教室，最後只剩下一個地方——

那就是儘管時間不算長，但我也在當中累積許多回憶的美術教室。

其實我也隱隱覺得，如果真的有線索，應該就是在美術教室裡。可能正因為如此，我反而莫名感到害怕，將美術教室保留到最後。

走廊窗戶上映照出閃電。我一步接著一步，邁向美術教室。籠罩著校內的昏暗，讓我越發感到不安。我能夠在守護著我和阿真的那間教室裡找到線索嗎？如果我失敗了，就再也沒有辦法找回阿真的靈魂了。

就在我將手搭上美術教室的門把時，遠處傳來一聲轟鳴的雷響。

這個瞬間，我感覺到一股衝擊，腳底下彷彿突然下沉。然後在下一個瞬間，漆黑的美術教室傳出了女生的慘叫聲。

是誰？

我連忙衝進美術教室，睜大眼睛四處確認，卻被黑暗吞噬，什麼都看不到。等我打開電燈，才看到講桌底下縮著一個女孩子。

她猛眨眼睛以適應突然照亮的光線，然後她看到了我，吃驚地摒住氣息，也忘了眨眼。

「小林同學……」

是唱子。

「喔。」

我嚇了一跳。

上次那件事過後，這是我頭一次這樣和唱子打照面。

「妳、妳，妳在這裡做什麼？」

我有點結巴地問，唱子小小聲地回答：

「炭筆素描。」

「素描？」

「但是突然間打雷了……」

畏畏縮縮的唱子，從講桌底下往上看。

兩雙眼睛一對上，我們兩人同時撇開了視線。

「妳在這麼暗的地方畫素描？」

「又沒關係，我就是想畫。」

「至少也開了燈再畫吧。」

「開了燈要是被老師發現的話，我會被罵的。」

唱子用冷淡生疏的語氣說道，接著把臉轉開。下一秒，一道銀白色閃光飛掠過她的側臉。

「啊！」

唱子尖叫著又鑽回講桌底下。儘管雷聲停了下來，但這次她沒有再探出頭來。

「妳沒事吧？」

我也不知道該怎麼應對才好，沒辦法，只好往講桌走去。

「既然妳這麼害怕，不如回家吧，反正妳這樣也沒辦法畫畫。我可以陪妳走回家。」

我這麼親切和善，當然是源自對唱子的內疚感。她也好像還記恨那天的事，在講桌底下維持著背對我的姿勢，不回答我。

「前陣子是我不對，不小心一時太衝動了。我今天什麼事都不會做的，妳不用擔心。」

不管我擺出多低的姿態，講桌底下依然只飄出唱子呼吸時的白色氣息。她還是老樣子，有夠固執的。

「好啦，回去吧。」

「……」

「妳打算一直待在這裡？」

「……」

「還會再打雷喔。」

「……」

「大概再過三十秒就要打雷了喔。」

「……」

過了三十秒。

我也不爽起來了。

「妳就去給雷打到好了。」

我丟下一句幼稚的氣話後轉過身去，把自己來這裡的目的忘得一乾二淨，重重踏著步往走廊走去。我果然和唱子不對盤。只要和她在一起，我就會失常、不像自己。

「我……」

在我一腳踏出教室時，唱子發出了聲音。

「我才沒有把小林同學想像成小王子[8]！」

她清脆響亮的高音，讓我又轉過身。只見唱子正站在講桌前，一副怒氣沖沖的樣子。

「我也從來不覺得小林同學很帥。」

看著她那像氣到毛都豎起來的小狗眼神，不知為何，我的胸口揪了一下。

「小林同學才不是什麼王子，連平民都稱不上。你悲慘的樣子，我全都知道得一清二楚，因為我一直看著你那沒用的樣子。一年級的時候，你被班上的男生霸凌了對吧，這個我也知道，因為我總是一直看著你——因為那個時候，我在隔壁班也

8 聖修伯里（Antoine de Saint-Exupéry）名著《小王子》（*Le Petit Prince*）裡孤獨的主角。

遭受到霸凌。」

雨聲變得激烈，唱子的聲音也變得模糊，聽不太清楚。我慢慢轉過身，朝著她的聲音前進。

「從入學的時候開始，我就被其他人排除在外了。中學和小學完全不同，班上的同學都很時髦，看起來好像大人。要配合新朋友真的很辛苦。我很常被人說不合拍，說只要我出現在旁邊，就讓人感到厭煩。當我希望他們告訴我具體是怎樣的問題，他們就說我糾纏不清很煩人。然後他們開始無視我，還會將我的室內鞋藏起來。我死都不願意哭給他們看，可是我不哭，他們又會說我不可愛，然後欺負得更厲害……那個時期，小林同學也很常在走廊上被同學追著跑。你被一大群人圍住，他們會把摔角招式用在你身上，你還差點被他們脫褲子。那時候你可是那群男生的玩具呢，我怎麼可能會覺得那個樣子的小林同學很帥？」

唱子笑了，接下來整張臉卻又扭曲起來。

「可是，因為小林同學也沒有哭，所以我一直覺得我們是夥伴。」

我忍不住閉上眼睛。明明一臉就要哭出來的樣子，但還是忍著絕對不哭的唱子，看著這樣的她讓我心痛了起來。

「而且小林同學不只是不哭而已，和我相比，小林同學總是一臉若無其事的樣子。你不帶表情，眼神很安靜，總是靜靜地忍耐著，像是等待暴風離去的植物一樣。我總是覺得很不可思議，心想你怎麼有辦法保持那種狀態。因為我總是緊盯著你，我想一定是有什麼東西讓你可以做到這一點。然後終於在那一天，我跟在小林同學身後，溜進了放學後的美術教室。」

像是要回想起當時的景象，唱子輕輕地閉起眼睛。

「看著正在畫畫的小林同學，不知怎麼的我就懂了。原來是這樣，小林同學擁有自己的世界啊。小林同學的世界，非常的深、非常的透明。那個世界裡，一定非常的安全。我好羨慕你，我也好想要那樣的世界，所以我在那個當下馬上提交了入社申請。」

「……妳就這樣加入了美術社？」

「嗯，而且，我一直都把你當作我的目標。我在你的旁邊，有樣學樣地畫、尋找著自己的世界……我想要一個很強的世界，只要這世界存在，不管發生什麼事，都沒辦法動搖我。但結果我還是連隨便一張普通的畫都畫不好，更不用說尋找什麼世界了。」

唱子吐了吐舌。

「可是就算這樣，我已經可以在畫畫的時候，讓心情安定下來。只要當天發生什麼討人厭的事，我就會在放學後來美術教室，洗去我憂鬱的心情。這麼一來我才有勇氣告訴自己，隔天還是來學校吧。」

天空閃過一道亮光，雷聲再次落下。

這次唱子不再發出慘叫，站在那裡繼續說下去。

只有我們兩人的美術教室感覺很冰冷。冷風不知道從哪裡鑽進來，吹得窗邊的石膏像震動起來。

「到了三年級，能和小林同學同班，我真的很高興。的確，我可能真的有點把你想得太理想。我又是個經常想太多的人，確實有可能擅自將你理想化。但就算是這樣，對我來說小林同學還是很特別的啊。和其他人不一樣，小林同學是有自己世界的男孩子。他讓在這邊世界裡痛苦的我，從畫布這扇窗窺探另一邊的世界。結果沒想到，那個小林同學……」

「某天早上，妳才想著小林同學過這麼久後終於來上學了，但他突然變了個人。」我歉疚地說。

唱子苦笑著接下去。

「真的，那時候我真的嚇了一跳。請了這麼長時間的假，我心想小林同學終於來上課了，卻發現他突然變成這邊的世界的人了。小林同學內在的那個世界消失了，變成非常普通——嗯，也不是普通，而是變成到處看得到的那種男孩子。我既慌張又震驚，覺得好寂寞。」

「……抱歉。」

之前對唱子說那些重話，讓我現在非常後悔。對唱子來說，阿真並非虛構的存在，而是讓她能在這個難以生存下去的現實世界中，稍微好過一點、類似嚮導的存在也說不定。

我太執著於阿真的傷痛，對其他人的傷痛視而不見。我覺得很羞恥。

不只是阿真。

也不只唱子和廣香。

在這個辛苦的世界裡，每個人一定都是同樣地滿身傷痕。

「不過呢，我已經放下了。」

面對沮喪的我，唱子突然發出爽朗的聲音。

「我思考了很久小林同學那天說的話，這次我是真的明白了。」
「明白什麼？」
「小林同學不是變了，只是變回你原本的樣子而已。」
「原本的樣子？」
「沒錯。小林同學其實本來就是這邊世界的男孩子。你和大家一樣，只是個普通人。但是我，還有其他人，擅自把你關在那邊的世界……說不定，小林同學其實也覺得那邊的世界比較舒服，但是突然間——雖然我不知道發生了什麼事——他回到了這邊的世界，變回他原本的樣子了。」
唱子吸了口氣，抬起下巴露出了笑容。
「恭喜你，小林真同學。」
就在這個瞬間。
像是在經過許久之後，我才終於發現扣子扣錯了一樣，一股異樣的感覺在我心裡擴散開來。總覺得哪裡怪怪的，我說不上來。雖然唱子還是一如既往的一廂情願，但我覺得她說的話裡藏著什麼東西。
「我啊，儘管覺得以前的小林同學比較好，但現在的小林同學也不壞喔。雖然你的嘴巴比以前還要壞，有時候又有點壞心眼，但現在的你反而很好說話，也更像真正活著的感覺。」

唱子說著說著，抬頭望向天花板。

「而且，老實說，其實我都明白。小林同學雖然變了很多，但是內在沒有變。我只是自私地希望小林同學能一直是那個符合我期待的小林同學。其實我都知道。那邊世界的小林同學，和這邊世界的小林同學，雖然完全不一樣，但是其實是同一個人。」

「為什麼？」

我的心跳一口氣加速了起來。

「為什麼妳會知道？」

「因為小林同學畫的畫，完全沒有變啊。」

「畫？」

「對，小林同學的畫。那個特殊的用色、筆觸，甚至是看著畫布的眼神。果然，小林同學就是小林同學啊。」

在唱子說完的那一瞬間——

映照在我眼中的所有東西，突然開始散發出絢爛的光彩。

我徐徐抬起頭，再次環顧了教室一圈。

即使在冬天依然帶著暖意的蛋黃色牆壁，占據教室後方的橘紅色櫃子，倒映黑暗的窗戶和藍色窗簾，教室前方深綠色的黑板，銀灰色的畫架，白色石膏像和戴在其中一尊石膏像上的栗子色貝雷帽，沾滿各色顏料乾涸油漬的地板，燈罩上滿是灰塵的螢光燈散發的白光，唱子沐浴在昏暗光線下的那頭黑髮。線索就在我身邊——是啊，線索確實散布在我身邊的各個角落。

我懷著不敢置信的心情，將視線轉回唱子身上。

大概是在素描時沾到的吧，唱子的臉頰沾到木炭的煤灰。我伸手輕輕將它擦去。唱子微微顫抖了一下。我不禁想要緊緊抱住她，但是忍了下來。

不被小林真看在眼裡的小不點。

卻是這個人拯救了小林真……

「妳等著。」我抓著唱子的肩膀。「我馬上就回來，妳等我一下。」

「你要去哪？」

「妳別管，在這裡等我。我等等會送妳回家。」

「知道了……」

「說好了喔，一定要等我。」

我對著一臉訝異的唱子說完後，飛奔離開美術教室。我想找個沒人打擾的地點，沒多想便踩著階梯飛快往上爬。興奮不已的我，直到打開樓梯間通往屋頂的門後，才發現雨勢已經減弱了不少，雷聲也停了。

但我的大腦內正在閃電打雷。

15

宛如絲綢的極細雨絲，無聲地下在水泥屋頂上。我仰望天空，雲層還很厚，四周已被如夜般的黑暗所籠罩。我往下一看，遠處的地面也被包覆在漆黑中了。

我在黑暗與黑暗之間，被冰冷的雨水淋得全身發抖，等著他的到來。

他一定會來的。他一定會撐著白色花邊的陽傘來，臉上帶著嘲諷的微笑。

終於，我的背後傳來腳步聲。我一回頭，看到撐著白色花邊陽傘的普拉普拉，臉上帶著嘲諷的微笑站在那裡。

「我說過很多次……」

我們的視線一交會，普拉普拉就舉高那把白色花邊陽傘，對我說：

「這是配給品。」

「知道啦。」

我笑了一下，然後說：

「我知道我犯下什麼過錯了。」

普拉普拉靜靜地點了點頭。

他隔著雨幕凝視著我。

看著普拉普拉那對琉璃色瞳孔時，我劇烈的心跳緩和下來，整個人不可思議地沉靜下來。

我開口堅定地說：

「我犯了殺人罪對吧。」

普拉普拉不動聲色。

「我殺了人。」

「……」

「我殺了自己。」

「……」

「我殺了我自己。」

我緊咬了一下嘴唇，然後開口說：

「我就是自殺的小林真的靈魂。」

普拉普拉將白色雨傘高高地拋上了天空，大聲喊出：

「答對了！」

16

在普拉普拉高喊「答對了！」的瞬間，天上和地面的黑暗，剎那間化為一片光明。因為它實在太耀眼，我頭暈了起來，轉呀轉，轉呀轉，轉到讓我誤以為是我的身體真的在旋轉。儘管如此，我卻不可思議地冷靜想起那些事。

自殺前的我。

我所失去的，至今為止的記憶。

小林真的十四年人生——

從我有意識起，我就喜歡畫畫。同時，從小我就喜歡和朋友在外面玩耍。雖然我有點內向和膽小，但多虧有畫畫的才能，也算得上是人氣王。讀小學期間，一直到中年級為止，只要到了休息時間，班上同學就會聚集到我的座位旁。我會在大家遞給我的紙片上，替他們畫漫畫或是電玩的角色。現在回過頭來看，那真的是一段我很難想像的黃金時代。

升上高年級以後，情況開始走下坡。漸漸成熟的同學們，沒人想要我的畫了，甚至還有人將我之前送他的畫還給我，禮貌地說一句「我不需要了。」那感覺就好像被人說：「我不需要你了。」我失去了我的價值。更慘的是從那時開始，我的身高開始停滯，以前比我矮的朋友，一個接一個超過我。我就像是在排行榜上排名直直落的歌手。

中學一年級，我正式墜入谷底。剛入學時，我總是玩在一起的團體裡面有一個人，不管我說什麼，他都會回一句「你很掃興耶。」而且故意說得很大聲，像是要讓旁邊的人都聽到一樣。不多久，大家開始模仿他說：「你很掃興耶。」本來我就不是多話的人，因為這樣變得更加沉默。這種情況轉變成霸凌，只是時間早晚的問題，後來也真的變成了霸凌。雖然那是已經過去的事，但我現在仍然不願想起那個時候的事。

我唯二的救贖就是家人和美術社。

阿滿雖然很愛捉弄我，但是父母親很寵我，甚至可以說是過度保護。情緒有點不穩定卻很開朗的媽媽，還有總是笑咪咪的穩重父親。只要待在這兩人的身邊，我就覺得很安心。

在美術社裡，我可以忘記所有的事，專注在我喜歡的畫畫上。也可以說，我是為了忘卻所有的事才集中心神畫畫的。那是我的心靈的休息時間，是有意義的逃避，是我說不出口的熱情。我完全沒注意到，唱子一直看著這樣的我。

升上二年級時，霸凌緩和了下來，但我在新班級裡依舊是個無法融入的存在。只是這次是我主動避開大家。因為我總覺得，只要我不小心開個口說話，就有可能又會被人說：「你很掃興耶。」然後，說不定我會因為這句話，又再次被霸凌。不管是誰，都沒辦法阻止這種情況發生。沒有人可以拯救我。我沒辦法依靠任何人。我也不能相信任何人。

我躲進只有我自己存在的世界。

充滿陰暗色彩和冷色系顏色的畫變多了。

我自己也覺得情況有點糟糕。

明明我只要活在只有我自己存在的世界裡就好了，但可能我的心底仍在尋找著什麼其他的東西，於是我開始變憂鬱。到了三年級，我開始出現原因不明的嘔吐。我沒告訴愛操心的父母，但我會毫無前兆突然間很不舒服，經常在廁所裡嘔吐。這與其說是生理上的不適，我自己也隱約察覺到，其實是心理狀態引起的。也正因為如此，更讓我感到一種難以言喻的詭異不安。

不能繼續這樣下去。我很認真地思考。我真的不能再這樣下去了。我必須做點什麼……

但是要做什麼呢？

我決定先試著畫一些明亮的畫。

接近透明的藍色。

波光搖曳的大海的顏色。我的腦海中閃過一個畫面：又深又黑的海底，一匹駿馬以海面為目標向前穿行而去。

我開始專注地創作這幅畫。我下定決心，只要完成這幅畫，我也可以一點一點的，從那個又深又黑的地方脫身。

但是在畫作完成以前，魔鬼的一日降臨了。廣香、媽媽、爸爸。身為我的救贖的這些人，一個接著一個給我打擊。這一切發生在我重新燃起希望、努力積極面對的時候，受到的打擊因此就更巨大了。我的世界可說是陷入完全的黑暗之中，眼中所見也全部失去了色彩。憂鬱的狀態、嘔吐的情況也都變得更嚴重，思考能力也變得遲鈍。那段時間，我的腦內總是一片混沌。

打從中學一年級開始，就會不時閃過我腦海的「死」字，在這段時期變得異常鮮明起來。

乾脆去死好了。

有一天，我突然認真地這樣想，然後這個想法就開始揮之不去。畢竟，與其努力思考怎麼活下去，思考死亡來得輕鬆多了；甚至，比起「生」，我覺得「死」更迷人。

以前，親戚曾經幫為失眠所苦的媽媽從國外買安眠藥回來。但爸爸覺得不要吃這種東西比較好，所以把藥收到某個地方。我很清楚地記得那個地方。到了深夜，我偷偷把它拿了出來。

與其說我是毅然決然赴死，其實我是在很平靜自然的心情下，把手邊所有安眠藥都吞下去。

然後，我死了。

原本應該是這樣的。

「恭喜！您中獎了！」

直到一個樣子很可疑的天使，突然出現在我漂浮不定的靈魂前——

「恭喜，您已經完美通過了『再次挑戰』！」

記憶的波浪一瞬間退了下去，等我回過神時，發現自己回到了曾經來過的天界和人世之間的空間。

這一次，擁有實體、有血有肉的我面對的是，身上包裹著白色布塊的普拉普拉，他背後的翅膀也顯現出來。這是我已經很久沒看到的天使正式服裝。他稱呼我的時候，也恢復了使用敬稱。

「我想您應該已經注意到，但就是這麼一回事沒錯。」

普拉普拉的說明是這樣的：

「所謂的『寄宿家庭』，不單單只是靈魂的修行，而是要測試像您這樣曾經拋棄自己的靈魂能否再次重回到自己身上的期間。要比喻的話，可以說是靈魂的試駕吧。既然如此，寄宿地點當然就會是各位自己的家庭。各位要在自己曾經跌倒的地方，由各位自己去重新檢視自身的問題。怎麼樣，是不是非常合理的規則呢？然而，要是在最初就將這些內容全數告知各位的話，就一點都不有趣了，於是我們隱藏了起來。」

聽他這樣滔滔不絕地說完後，我無言地垂下了肩膀。

我已經說不出話來。

現在回想，普拉普拉打從一開始就有很多可疑的地方。

「仔細一想，」我終於開口。「你的指引總是只給一半，少了最重要的部分。多虧你，讓我承受了很多本來不需要受的苦。你們果然是故意這麼做的吧？」

「這是當然的。」普拉普拉理直氣壯地說。「就算各位是天選之人，但這畢竟是給死過一次的人復活的機會，當然得讓各位吃一點相對應的苦頭才行。光是有籤運，是沒辦法復活的。」

「可是，抽籤是你們自作主張決定的，還這樣騙人、讓人吃苦頭……」

「然後這個結局，就是您打從心底感謝可以再次作為小林真活下去，不是嗎。正所謂只要結局皆大歡喜，過程不要太計較。」

我嘆了口氣。我實在是講不過這個不按牌理出牌的天使。

確實就如普拉普拉所說，我可以不用以四個月前那種抑鬱狀態留下許多沒能解開的誤會，不曉得自殺帶給家人的影響，不能和早乙女認識，不能抱住傷心哭泣的廣香，連最後拯救我的唱子的存在都不得而知，直接在瀕死狀態下死去，被排除在輪迴之外，最後像蘇打水的氣泡那樣消失。這一切，真的讓我打從心底非常感動。

「那為什麼不老實地將感動表達出來呢？」

普拉普拉兩手一攤這樣問我。

我思考了一下後回答他：

「首先，我不是那種個性的人。」

「原來如此。」

「第二，我對這突然的反轉還有點困惑。」

「喔喔。」

「第三，我被騙了，很不甘心。」

「呵呵。」

「最後是……」

「最後？」

「總覺得，有點害怕。」

我小聲地說完，抬頭看向普拉普拉。

「我接下來會怎麼樣？」

普拉普拉的回覆很簡單明瞭。

「也沒什麼怎麼樣，就是繼續作為小林真活下去而已。」

「那你呢？」

「我還得去見證下一場抽籤會，然後糾纏那個被抽中的靈魂。」

「我的嚮導任務已經結束了嗎？」

「您已經不需要指引了。」

「是嗎？」

「當然。」

普拉普拉拍了拍他的翅膀，像在告訴我絕對沒問題。看著他的翅膀拍動的樣子，我的心裡逐漸浮現出勇氣——儘管我想這麼說，但很可惜沒有這種事。我的心情還是悶悶不樂的。

「剛剛，我在來這裡的途中，想起了自殺之前的事，結果我突然又沒了自信。」

「自信？」

「我在那裡還能順利地走下去嗎？」

普拉普拉皺著眉頭問我為什麼。

「您在『再次挑戰』時，明明就很順利不是嗎？」

「因為，那時候我覺得這些都不關我的事啊。」

沒錯。對於「再次挑戰」中的我來說，小林真就是個毫無關係的他人，只是我暫時的停靠站而已。正因為如此，我才可以那樣自由地行動。那時候，我根本什麼都不在乎，面不改色就花光存款，買想買的東西，而且不管對誰，都是愛說什麼就說什麼。

「可是，一旦變成自己的事後，就不可能那樣處理了。我做任何事都會變得小心翼翼，也會變得很不安，還會變小氣。」

實際上，現在我就因為自己花了兩萬八千圓買球鞋這件事而感到十分後悔。這就是證據啊。

普拉普拉停下了拍翅的動作看著我。那雙琉璃色的瞳孔，今天也一樣通透清澈。雖然那雙眼睛會欺騙我、對我生氣、捉弄我，但也總是在某處守護著我。

「您只要繼續想像成是『寄宿家庭』就好。」

「寄宿家庭？」

「沒錯，您只是暫時生活在人間，最後又會再次回到這裡。它再長也只是數十年的人生而已。所以，您只要把它想像成要展開另一段時間比較長的寄宿生活就好了。」

「我做得到嗎？」

再長也只是數十年的人生。

時間比較長的寄宿生活。

確實只要這樣想，我的心情就輕鬆了起來。

「寄宿生活沒有規則。每個人都只要在被指定的『寄宿家庭』裡自由地生活著就好。但是，不管是誰都不可以自行棄權。」

「我記得也不能婉拒對吧？」

我一插嘴，普拉普拉就挑了挑眉毛，對我說：

「您想婉拒嗎？」

我沒有回答。不管怎麼說，我也不是不想再次回到那個世界。

普拉普拉像是看透我的想法，點頭說道：

「您在人間的時候，如果又感到害怕，就想想你再次挑戰的那四個月。想想那個不拘束自己、自由行動的感覺。然後，想想那些支持著您的人。」

我不語地看著腳邊，立刻開始回想再次挑戰的這四個月時光。

和很多人產生關聯、經歷了各種情緒和心境的四個月。

要是少了其中一個人，我就沒辦法再次變回我自己了。

「好了，您差不多該回到人間了。」

普拉普拉像是在宣告「終點站要到了」那樣提醒我。

「唱子正在美術教室裡擔心著一直不回去的您喔。」

我想起來了。對喔，我還讓唱子在那個很冷的教室裡等著我。

「您的家人也在家裡等著你。他們正在討論，兩星期後您的生日要送您什麼。」

我點了點頭。

「早點回去念書吧。您還得和早乙女考上同一所高中才行。」

我點了點頭。

「廣香在等您完成那幅藍色的畫作。」

我點了點頭。

「您必須待在那個世界才行。」

我點了點頭。沒錯，我必須待在那個世界才可以……
我閉上眼，在腦海裡描繪出那些人在等待我的世界。
那是偶爾會太過眩目、色彩繽紛的世界。
我得回去那個色彩奪目的漩渦裡。
我要在那裡，和大家一樣，帶著各種顏色生活下去。
——就算我不明白目的地是什麼，還是要往前進。
「謝謝你，普拉普拉。」我再次轉向普拉普拉。「我不會忘記你的。」
「我也不會忘記您。」普拉普拉用著他的撲克臉對我說。
「因為我可是吃了很多苦頭啊。」
「那麼，接下來是最後的指引。」
「雖然很不可思議，但只要是面對你，我什麼事都說得出口。」
「只要和你在一起，我就覺得非常的自在。」
「首先，請您閉上嘴巴、集中精神。」
「我想，大概是因為你是天使的關係吧……」
「請把嘴巴閉上。」

「因為你不是動不動就會受傷或傷害別人的人類，所以我真的很自在。」

「我叫你閉嘴！」

突然間，我的頭被拍打了一下，嚇了我一跳。我嘴上喊著好痛，一看就看到普拉普拉正用著人間模式，皺著眉頭瞪著我看。

「你到底要碎念到什麼時候！快點照著我的話做，趕快滾回去。我還得參加下一場抽籤會啦。」

果然這才是我認識的普拉普拉。雖然他的語氣粗魯，那雙瑠璃色的瞳孔卻微微泛著感傷的影子。我只要看到這個，就很滿足了。

「先用力地閉上你的眼睛。」

我緊緊地閉上雙眼。而眼睛才剛閉上，我就感覺到溫熱的水滴流了下來。

「深吸一口氣。」

我深深吸了一口氣，感覺胸口悶得發痛，心情難受起來。

「你一邊想著要回去，然後把你的腳往前踏一步。只要這樣做，就可以回到你的世界了。再會啦，小林真，要堅強地活下去啊。」

「掰掰，普拉普拉。」

為了做回我自己，我將我的腳往前踏出一步。

Colorful~ 借來的 100 天
カラフル

作　　者　森繪都（もりえと）
譯　　者　林佳妮
封面設計　萬勝安
內頁排版　高巧怡
內頁插畫　周柔禾
行銷企畫　蕭浩仰、江紫涓
行銷統籌　駱漢琦
業務發行　邱紹溢
營運顧問　郭其彬
責任編輯　林淑雅
總 編 輯　李亞南
出　　版　漫遊者文化事業股份有限公司
地　　址　台北市103大同區重慶北路二段88號2樓之6
電　　話　(02) 2715-2022
傳　　真　(02) 2715-2021
服務信箱　service@azothbooks.com
網路書店　www.azothbooks.com
臉　　書　www.facebook.com/azothbooks.read

發　　行　大雁出版基地
地　　址　新北市231新店區北新路三段207-3號5樓
電　　話　(02) 8913-1005
訂單傳真　(02) 8913-1056
初版一刷　2025年5月
定　　價　台幣360元

ISBN 978-626-409-078-0

國家圖書館出版品預行編目 (CIP) 資料

Colorful~ 借來的100 天/ 森繪都著 ; 林佳妮譯. -- 初版. -- 臺北市 : 漫遊者文化事業股份有限公司出版 : 大雁出版基地發行, 2025.05
240 面 ; 14.8X21 公分
譯自 : カラフル
ISBN 978-626-409-078-0(平裝)
861.57　　114002168